エリク
「ファイア」
次の瞬間、僕の腕から大火炎が放たれ、
目の前にいるゴブリンを一瞬で焼き尽くす。
「……おい。イブ、これは何？」
『今のは火属性最弱魔法のファイアです』
JN247766

アンジェリカ
セレーヌ
ロベルト
「ねえ、エリク君。週末はどうするの？」
「エリク。良かったら街で遊ばないか？」
初めての週末、クラスメイトたちが声をかけてくる。そんな中、アンジェリカが近づいてきた。
「エ、エリク様。週末、お付き合い頂きたいのですが」

イブ

「これは……夢か？」
でなければこんなこの世の者とも思えない
完璧な美少女が存在しているわけがない。
「安心してくださいマスター。
夢ではなくてイブです」
目の前の美少女はそう名乗った。

ダンジョンだらけの異世界に転生したけど
僕の恩恵が最難関ダンジョンだった件
まるせい
illust. ぷきゅのすけ

口絵・本文イラスト：ぷきゅのすけ
デザイン：Ｃｏｉｌ

CONTENTS

プロローグ

毎日働いては帰宅して、飯と風呂（ふろ）を済ませた頃（ころ）には深夜をまわっている。

たまの休日といえば取り溜（だ）めしたアニメや積んであるライトノベルを読んでいるうちに1日が過ぎて行く。

高校を卒業して就職した工場に勤めて20年。気が付けば38歳（さい）になっていた。

不規則な生活な上、運動不足もあってか腹は出ており。ストレスのせいなのか頭頂部は薄（うす）くなりつつあった。

この年になると何かを変える気にもならない。中間管理職のヒステリーを聞きつつも仕事を機械的にこなしていく。

「本当につまらない人生だな」

思わず言葉が漏（も）れてしまう。思えば高校を卒業した当時が一番気力に満ち溢（あふ）れていた。

現在勤める工場はステップアップとしか思っておらず、いずれは出世していき、スカウトされキャリアアップしていくのだと根拠（こんきょ）もなしに信じていた。

だが、現実にはそんなことはない。ギリギリで組まれた工程のため、本日も遅（おそ）くまでの作業を終えて帰宅する。

安い賃金でやる気のない人材が揃っているせいで、作業は予定していたより進まず管理職からは「この給料泥棒が」と罵声を浴びせられたのだ。

こんな日はとっとと家に帰って酒を飲んで忘れるに限る。

俺はコンビニで酒とつまみを買って帰ろうとしていたところ——


——数人の大学生の男女とすれ違った。


大学生たちは楽しそうに笑っていた。まだ社会の闇を目にしていないのかその笑顔はとても眩しく思えた。

俺はその姿を卑屈な気持ちで見おくった。

生まれてからこれまで彼女がいたことがなく、青春を送る彼らに嫉妬をしたのだ。

次の瞬間、横からスポーツカーが突っ込んできた。

彼らは突然の事態に身体が動かない。

身体が反射的に動いていた。目の前に車のライトが飛び込んでくる。

俺は彼らを突き飛ばすことに成功すると次の瞬間——

——意識がなくなった

第一章　二度目の人生をダンジョンとともに

1

　周囲が騒めいており、その場にいる全ての人間が僕に注目している。

　天井は高く、シャンデリアが吊り下げられていて、周囲の壁は色とりどりのステンドグラスで彩られている。

　どこかの教会を思わせる雰囲気の場所だ。

「……リク」

　驚愕の表情で僕を見る人間の大半は子供だ。恐らくは中学生か高校生程度だろうか？

　外国人の容姿なので年齢を推し量ることは僕にはできなかった。

　さて、何故このような場所にいるのだろう？

　ようやく周囲の状況を把握できた僕は考えた。すると肩に温かい手が触れた。

「エリク、大丈夫かね？」

「えっ？」

無視していたわけではない。まさか自分が呼ばれているとは思っていなかったのだ。

目の前の白髭を生やした温和そうな老人が目に入る。

次の瞬間、ざわついていた頭の中が整っていく。

先程までは何か意識がぐるぐると回っていたのだが、それが1つとなり――。

「ええ、大丈夫です。クリフ神父」

記憶が蘇った。いや、2つの記憶が融合したのだろう。

今の僕はエリクでもあり、もう1人の人間でもある。

「前代未聞の輝きだったが、身体に異常はないのか？」

その言葉で思い出す。今が【恩恵の儀式】の最中だったことを。

【恩恵の儀式】というのは15歳になった時に教会で行われる。

1人1人に何らかの恩恵（ギフト）が神様から贈られると言われており、この恩恵次第で今後の人生を左右させられるといっても良い。

「大丈夫です。むしろ身体が軽くて調子がいいですよ」

記憶が統合される前の――恐らく前世の身体に比べれば余分な脂肪がなく、身体中に力がみなぎってくるぐらいだ。

ここにきて前世の知識が活躍する。

僕はライトノベルや無料で読める投稿サイトの小説を読み漁っていたので、現在の状況に対してそれ程混乱しなかった。

現在、僕に起きている状況。それは……………。

『異世界転生』

「そうか、それでは与えられた恩恵を確認するぞ」

クリフ神父の声がする。そうだった浮かれている場合ではなかった。

現代の知識が手に入ったと喜ぶのは後回し。今は儀式の最中なので、恩恵を受けた子供はそれを教会に申請して壇上から降りなければならない。

「わかりました。どうすれば良いでしょうか？」

僕は、期待に胸を膨らませると神父へと質問する。

何せ僕は儀式の最中にあり得ない程の輝きを放ったらしいのだ、これまでの伝承でも強い輝きを得た人物というのはその後、伝説に名を残しているらしい。

【剣聖】や【大賢者】などが当たれば儲けもの。それでなくても【治癒魔法】や【水魔法】などの特化系でもあれば専門職につきやすく将来は安定だ。

できれば避けたいのは【火魔法】や【土魔法】他には【農地開拓】など、使える場所が限られている割にはレア度が低く地位を与えられない恩恵だ。

戦地に送られたり、開拓が進んでいない僻地へと飛ばされて土まみれの生活をおくることになる。

それでも前世の生活に比べればましな話なので、現状僕に外れはない。

「掌を前にかざして頭に浮かぶままに恩恵を使うと良い」

僕は神父の言葉に従うと掌を前へとかざした。


「おい、エリクぼさっとするなよ」

目の前では幼馴染みの親友。レックスが剣を担ぎながら薄暗いダンジョンを進んでいく。

剣に鎧といっぱしの戦士のような恰好だ。

「仕方ないわよ。まさか与えられた恩恵があれだったんだもん」

杖に光を灯したのは同じく幼馴染みのミランダ。

いっちょ前にマントと杖を身につけて明かりの魔法を操ってはそれを楽しそうに動かしている。

「それにしてもあの派手な光はなんだったんでしょうね？」

最後に1人、神官衣に身を包んだ彼女はこの村の住人ではない。

教会から今回の儀式に派遣されてきた人物でセレーヌさんという。

幼き頃から教会で専門的な魔法を学んだ治癒士である。

「ちょっと出してみてくれよ」

「べ、別にいいけどさ……」

レックスの要望に僕は応える。手をかざすと……。

目の前の空間が裂けてそこにぽっかりとスペースができていた。

「こんなの聞いたことないんだけどな……」

レックスは「よっ」というと恐れること無くその中へと入ってしまう。

成人前の少年が1人入ったことでそのスペースの余裕は完全に消えた。

「ちょっと閉じてみて」

僕が言われるままに入り口を閉じると。

「レックス消失マジック⁉」

ミランダが愉快そうに笑った。僕はさして面白くもないので直ぐに入り口をだす。

「ねねっ！　どうだった？」

空間に入っていたレックスに質問をする。

「うーん、なんていうか狭くて落ち着く感じか？」

「なにそれ？」

その会話が楽しかったのかミランダはますます笑顔になる。

「あと、ミランダが笑ってるのが見えたぞ」

「嘘だよっ！」

「あっ。バレた？」

などと軽口を叩きあっている。

そんな会話を聞きながら溜め息を吐いていると、セレーヌさんが隣に立ち「アイテムボックス」と唱えた。

そうすると僕の恩恵の横にぽっかりと空間ができ上がる。そこには僕の恩恵よりもやや広いスペースがあり、中には雑多に物資が積み上げられている。

「おいおい、こっちの方がでかいぞ」

レックスのからかいの声が混じる。

「セレーヌさんってアイテムボックス持ってるんですね」

年上なので流石のミランダも敬語で質問をすると。

「ええ……。スキルの派生としてですけどね。アイテムボックスは容量の大小はありますがそれなりの人数がスキルとして持っていますから」

そう、最初に貰った恩恵からはスキルが派生していく。そしてアイテムボックスのスキルを持つ人間は凄く多いわけではないが、驚くほど珍しくもない。

そして、そんなアイテムボックスのスキルより小さい容量しかない僕の恩恵はゴミ恩恵の認定を受けた。

そのせいで恩恵を発動した瞬間、その場にいるほとんどの人間が笑い、僕を馬鹿にした。

その時に笑わなかったのが目の前の2人の幼馴染みだ。

「私も早くスキルを得たいです」

ミランダがウキウキとした様子で自分が成長した未来を想像していた。

「そのためにこうしてダンジョンで訓練をしているのですからね」

恩恵の儀式を受けた子供たちはこれからそれぞれの適正に沿った学校に入学、3年間の教育を受けることになる。そうして使える人材になったのち、各々が活躍する部門へと進むのだ。

そして、その事前訓練ということで慣らしの意味もありダンジョンにパーティーで潜るのだ。

もちろん、駆け出しの僕らが潜るのは既に攻略されているダンジョンなので、さほど危険はない。

出てくるモンスターも雑魚しかいないし、地図も用意されている。

だが、外れ恩恵の僕とパーティーを組んでくれる人間がいなかった。

今回のパーティー登録はそれぞれの学校を卒業後に組ませる参考にもなるのだ。

なので外れ恩恵の僕と組むということは将来厄介な荷物を抱えるのと同義なので、誰もが組むのを躊躇していた。

そんな時、僕を見かねてか目の前の幼馴染みの2人がパーティーを組もうと言ってくれたのだ。

そしてその指導員として教会から派遣された治癒士のセレーヌさんが同行することになった。

「そうだエリク、せっかくだから討伐証拠の魔核をその恩恵に入れておいてくれよ」

今回の訓練では魔核というモンスターを倒した後にドロップする石を集めてこなければならない。

低ランクモンスターの魔核は特に役に立つアイテムでもないのだが、ダンジョンでモンスターを倒した後しばらくするとダンジョンに吸収されてしまう。

なのでこれまで拾って袋につめていたのだが……。

「そうだよね、せっかく使える恩恵を持ってるエリクが一緒なんだから活用しなきゃ勿体ないし」

ミランダが笑顔で同意した。

そんな2人の気遣いが嬉しく、僕の心はじわりと温かくなるのだった。

目の前ではゴブリンが塵となって消えて魔核を落とす。

「はぁはぁ……何とか倒せた」

僕は息切れをさせながらも短剣をしまうと魔核を回収する。

「それにしても結構時間かかったよなー」

レックスが来た道を振り返ると何やら呟いた。

あれからそれなりにダンジョンを進んだ僕らは最深部まで到着した。

「ゴブリン相手に息切れしてるなんて情けないのー」

隣からミランダが顔を覗かせ僕をからかってくる。いつもながらに距離が近く、からかいながらも僕の身体を隅々まで見回している。

そんなミランダの言葉を聞きとがめたのか。

「そうおっしゃるものではありませんよミランダさん」

セレーヌさんが諭すような仕草で人差し指をピッと立て、真剣な顔を僕らへと向けた。

「恩恵を得る時には皆ステータスが伸びます。戦闘型なら身体力がアップしたり。魔法型なら魔力がアップしたり。エリク君の型は良く分かりませんが、少なくとも戦闘型ではないのでしょう」

そして「他人の短所を笑うのはよくありませんよ」とミランダを窘めた。

「うっ……エリク。ごめんね」

反省したのかミランダが謝ってくる。

上目遣いに覗くその瞳は悪戯をやり過ぎた時にいつもする表情だ。

「別に気にしてないさ」

正直グサリときたのは間違いないが、ミランダにそんな顔をさせておくほうが嫌だ。

だが、ミランダは何やらもじもじしているので。

「ん、どうかしたの？」

僕が聞き返すと何やら顔を赤らめ……。

「そ、そのね」

「うん」

「け、怪我しなくて良かったなと思って」

そう言うとプイっと顔をそむける。どうやら彼女は僕が怪我していないかを心配して身体を見ていたらしい。

僕が何と答えてよいかわからずにいると。

「おっ、なんか奥で光ってるぞ」

レックスが話題を逸らしてくれた。

「へえ、あれが噂に聞く最深部に設置されてる魔法陣ですか」

僕もその言葉に乗っかると、関心をそちらへと向けた。

奥の方に見える青白い光が立ちのぼる魔法陣。これはテレポーターというもので、乗ればダンジョンの入り口まで戻してくれる便利なものだ。

「近くでみよっと」

駆け出す際に、ミランダのポケットに穴でも空いていたのか、集めていた魔核がぽろぽろと零れ落ちる。

「お、おいっ！　ミランダ」

僕が慌てて魔核を拾い集めている間にも三人は先へと進んでしまい。

「これに乗ればようやく訓練も終わりなんですね」

そんな風に話をしている。

僕は魔核を拾い終えて歩き始めるのだが……。

レックスが何かを発見したようだ。

「ん？　壁に何かスイッチが埋まってるぞ」

「それはパンドラスイッチですね。これは新発見ですよ」

古びたダンジョンに偶に現れることがあるスイッチで。お宝が出現したり、モンスターが発生したりと様々だが大体半分の確率で幸運を引き寄せると言われている。

「すごいすごい。私にも見せてよ」

「ば、馬鹿押すなって」

通常ならばきちんとしたパーティーで備えて安全マージンを確保した上で起動するのだが。

レックスがミランダに寄りかかられたことでバランスを崩してしまいそれに触れてしまった。

「えっ？」

「エリク君っ！」

地面に浮かぶ赤い魔法陣。そして叫び声を上げるセレーヌさん。

次の瞬間、僕の視界が大きく切り替わった。

2

――ゴゴゴゴゴゴゴゴゴッ――


何かが鳴動しており、僕の身体にも振動が伝わってくる。

周囲の温度は高く、じっとしているだけでも汗が噴き出てくる。

「夢だったらいいのになぁ……」

僕は現実逃避を試みるが、横をみればマグマが流れており、そのマグマの池から気泡が立ち上がるたびに熱気が漂ってくる。

「デュアルダンジョンってやつかな？」

本で読んだことがある。

デュアルダンジョンというのはいわゆる隠しダンジョンのことで、１つ目のダンジョンをクリアしてダンジョンコアを抜き取ると活動を始める。

ダンジョン内に新たに出現する入り口を発見することで挑めるダンジョンなのだが、どうやら先程のパンドラスイッチが入り口の魔法陣を起動するためのものだったようだ。

「さて、どうしよう？」

僕は心を落ち着かせるためどうすれば良いか自分に問いかける。

「現状は最悪」

それというのも、隠しダンジョンで出てくる敵は難易度が跳ね上がると言われているのだ。

今の僕では逆立ちをしても勝てっこない敵が出てくるのは確定なので、至急考えを纏める必要がある。

「後続は期待できなさそうだよな……」

もしかするとレックスたちが追いかけてきてくれるのではないかと考えがよぎる。

「いや、それはあり得ないか？」

僕らは訓練生なのだ。予測不可能な事態になった場合、一度上に報告する必要がある。

ミランダはごねて救出に向かってくるかもしれないけど、レックスとセレーヌさんが冷静に状況判断をしているなら今頃は急ぎで入り口に戻って街への救援要請を行っているところだろう。

そうなると助けがくるまで少なくとも半日はかかると思った方が良い。

「とりあえず、こうしていても仕方ないし移動するか」

熱気のせいで汗がでて、立っているだけで体力を奪われてしまう。救援を待つにしてもここで待つのは適切ではない。

僕は休憩可能な場所がないか探すために歩き始めた。

しばらく歩いていくとマグマゾーンを抜けたのか周囲の温度が随分とましになった。

周囲は薄暗く、微かに光る壁以外に光源はない。僕はそこらで休憩を取ろうと思っていると……。


――ズズンズズン――


何かの足音で文字通り飛び上がった。

巨大な何かが動いている。そしてそれは徐々にこちらへと進んでいて、このままでは鉢合わせしてしまうのだ。

「これ、絶対やばいやつだ」

僕は恐怖心が湧き上がると、焦りを浮かべて背後を見た。

ここまでが1本道だったので、途中で隠れられるような場所はどこにも見当たらない。

『グルルッルルルッ!!!』

「!?」

その足音とは別の生き物の声が聞こえる。

音の大きさに気を取られて聞こえなかったが、すぐ近くまできている。

多分だが、この足音から逃げているのではないだろうか?

いずれにせよこのダンジョンにいるようなモンスター相手では勝ち目がない。

時間にするとあと数秒で鉢合わせする。

「まずいっ！」

対処方法を思いつかなければ二度目の人生が詰(つ)んでしまう。

僕は脳をフル回転させると――

「ふぅ……恩恵が役に立った」

恐らく表では先程まで僕がいた場所を何かが通り過ぎているころだろう。とりあえず安全は確保したことで溜め息を吐く。

僕が逃げ込(こ)んだのは自分の恩恵のスペースの中だ。入ってから入り口を消してしまえば完全に隠れることが可能だった。

「それにしても、この能力案外悪くないのでは？」

アイテムボックスに比べると空間が狭いと思っていたが、いざ中に入ってみるとそれ程の狭さを感じない。

レックスの体格が良いからキツキツに見えただけなのかもしれない。僕が見る限りミランダとセレーヌさんぐらいなら同時に入れそうな大きさだ。

「ん、なんだこの石？」

足元に違和(いわ)感を覚えたので見てみると、地面に小さくて綺麗(きれい)な石が嵌(は)まっていた。

最初に恩恵を使った時には気付かなかったがこんなのあったっけ？

「まあいいや。とりあえずこの中にいれば安全は確保できそうだし」

大人しく救助を待っていれば生き残ることができそうだ。僕は自分の恩恵の中で横になって休むことにした。


「そろそろ、平気かな？」

僕は身体を起こすと伸びをする。結構な時間を休息にあてることができたので疲労が抜けている。

ここらで一度外の様子を見ておいた方が良いだろう。

それというのも、急ぎで救助が向かってきた場合、隠れている僕に気付かずに通り過ぎてしまう可能性があるからだ。

そうなると、僕は完全に詰んでしまうだろう。

「よし、ちょっとだけ出てみよう」

出た瞬間にモンスターと鉢合わせもあり得なくない。だが、このままずっと中にいるわけにもいかないので、僕は勇気をもって外にでた。

「うぇ……なんだこれ……？」

戦いでもあったのか、近くの岩は溶けており温度も上昇している。

ところどころにはモンスターのものと思われる血がこびりついていた。

どうやら何かがここで戦ったあとのようだ……。

「さっきの鳴き声のモンスターかな？」

足音の軽い方と重い方がここで戦ったのだろう。

どちらが勝ったかはわからないが。もしかして更に奥に移動した可能性もある……。

そんなことを考えていると地面に魔核を発見した。

「おっ、ちょっと大きめの魔核だな」

こんな時だというのに訓練の結果に結びつくかと思い拾ってしまう。

僕はその魔核を恩恵でできた部屋に放り込んでおく。

「ここにいるのは流石に嫌だな」

さっきのやつが戻ってくるかもしれないし、むせかえるような血の臭いで吐き気を覚える。

僕はもう少し先へと進んでいくことにした。


「結構進んでる気がするな」

途中で生き物の気配を感じる度に【ルーム】（僕名付け）を使ってやり過ごすうち、僕は少しずつ奥へと進んでいった。

「おっと、落ちてる魔核拾っておかなきゃね」

生き物同士が争っているのか、ところどころに魔核が落ちている。僕はそれを拾うと次々にルームへと放り込んでいったのだ。何故かというと……。

「さて、大きくなってるかな？」

これまで何度もルームの中に入ってる間に僕はあることに気が付いたのだ。

僕はルームを開くと中をみて笑う。

「ここまでくれば間違いないな」

ルームに入った時、最初に比べて部屋の大きさが変わっていると思ったのだが、その原因が判明した。

最初に入った時から違和感を覚えたのだが、ルームに入った時ある物が無くなっていることに気付いたのだ。

そのあるべきものとはレックスから預かった魔核である。

何処か隅にでも落ちているのかと思い、中に入って探してみたが見当たらない。

それどころか先程拾った大きい魔核も消えてしまったのだ。

そこで僕はルームを見渡して1つの推測を立てる。

魔核が消え、その代わりにルームの空間が拡張されている。

そのことに気付いた僕はミランダが落としていた魔核も放り込んで様子を見た。

再度ルームを開きなおしたところ部屋が大きくなっていたので、それ以降僕は地面に落ちている魔核を拾っては次々にルームへと放り込んでいった。

「何だここ？」

まるで神殿のような場所に出た。

最奥まで幅の広い階段が続いていて、結構な距離がある。

ひらけた場所で他の生物の動きはなく、これまで気張っていた状況が嘘のように僕は安堵の息を吐く。

見習い探索者が1人でダンジョンに潜って生還できる可能性は決して高くない。

むしろ生存率で考えるとほぼ絶望的と言ってもいいぐらいだ。

だから僕もここに飛ばされた時、おぼろげに「ああ。死ぬのかな？」とも考えた。

「使えない恩恵だと思ったことを謝らなきゃな」

なまじ魔法や武器に特化した恩恵でなくて良かった。

それらの特化系は鍛えるのに時間がかかるのだ。

将来的にこのぐらいのダンジョンを制覇できるかもしれないが、現時点では死ぬだけ。

そう考えるとルームは戦闘能力こそないが優秀といえる。

セレーヌさんが見せてくれたアイテムボックスのスキルは容量が個人によって違う。その上生物は入れれない。

その点僕のルームは魔核で容量が拡張できる上、生身の人間が入っても大丈夫なのだ。

僕自身に戦闘力がなくても、ダンジョンが多数存在するこの世界では役に立つ。

大量の物資を運び込むことで大人数でのダンジョン攻略が可能になったり、ルーム内で休むことでモンスターを警戒する必要なくきっちりと身体を癒やしたりもできるのだ。

「……っと、そういうのはここを出てからだな」

考えに浸ってしまったが、まずここから脱出しなければならない。

こういう雰囲気が変わった場所にこそ何かがあるはず。

僕が辺りを見渡すと階段を上った先に台座のようなものを発見した。

とりあえず他に何も見当たらないので、そちらに向かうと。

「あった！　テレポーターだ！」

台座の裏には見覚えのある魔法陣が存在していた。

ダンジョンから脱出することができる魔法陣。先程踏もうとしても踏めなかった。

「やっとこれで脱出できる」

内心の不安と焦りがあったのか、僕ははやる気持ちを抑えきれずにテレポーターに飛び乗ったのだが……。

「あれ？　動かないぞ」

頬を汗が伝い流れる。落ち着いて冷静に考えるんだ。

「これがテレポーターなのは間違いない」

この世界でダンジョン探索の物語に触れるのなら絶対に出てくるのがテレポーター。

何より、先程同じ魔法陣を見ている。

「まて、光ってないぞ？」

そう、先程見た魔法陣は青白い光を放っていた。

「一体どうして………？」

考えろ。ここで答えを出さなければ待っているのは死しかない。

自身を震わせて脳をフル回転させると――。

「ん？　その台座に嵌まってるのって……」

テレポーターの存在で失念していたが台座を見る。

「そうかっ！　ダンジョンコアかっ！」

そこで答えを見つけた。

ダンジョンのテレポーターはダンジョンコアを抜き取った後で、すなわち攻略完了をもって起動するのだ。

目の前には前世も含めてこれまでに見た中でもっとも綺麗な赤い石が嵌め込まれている。

この暑いダンジョンを象徴するかのようなマグマを閉じ込めたような赤。

恐らくこれがダンジョンコアなのだろう。

僕は慎重にそのソフトボール程の大きさの石を台座から外す。そうすると――


――ブォン――


後ろで音がしたかと思って振り返る。

「ビンゴッ！」

テレポーターが起動していた。今度こそ間違いなく帰れるのだ。

「とりあえず、ダンジョンコアは持って帰るか」

もう少しゆっくり眺めていたかったが、いつまでもここにいるわけにはいかない。

僕はルームを開きダンジョンコアをそこにしまうと、テレポーターに飛び乗り今度こそダンジョンを脱出した。

3

ダンジョンから出ると外は明るかった。

ダンジョン内は太陽が見えないので時間感覚が狂っていたが、どうやら朝らしい。

「どうりで眠いわけだ」

モンスターをやり過ごす為に何度かルームを出入りしたが、最初の休憩以降はダンジョンを進み続けた。時間間隔がなかったせいで夜通し動き続けていたらしい。

「とりあえず、街に戻って……」

ここは街から近場のダンジョンなので徒歩で1時間もかからない。

「皆心配してくれてるかな」

レックスやミランダの顔が浮かぶ。

あの2人のことだから僕の身を案じて眠っていないかもしれない。

「早く戻らなきゃな」

そんな様子が思い浮かんだ僕は口の端を緩ませると街へと急いで戻るのだった。

「お、落ち着いてください。現在、探索者ギルドに依頼を出しているところです。高ランク探索者が戻り次第救助をしますから」

「そう言って何時間待たせるつもりだっ！」

街に戻って探索者ギルドを訪れた僕の耳に怒鳴り声が響いてきた。

「事前申請を見ると間もなく戻ってきますので」

片方は聞き覚えがないが、もう片方は毎日聞いている声だ。

「ええいっ！　こうなったら俺が自分で助けに行くぞ」

「おじさんっ！　俺も連れてってくれ」

「わ、私もっ！」

声の主は僕の父。マリクだ。

そしてレックスとミランダがそれに追従する。

「お、落ち着いてくださいっ！　人員を揃えないで向かえば二次被害になりますから」

セレーヌさんが宥めようとしているのだが、逆効果だったようで。

「俺の大事な息子がダンジョンに置き去りになってるんだぞっ！　落ち着いていられるかっ！」

「エリクは俺の親友だっ！　絶対に救い出す！」

「私だって！　エリクは大事な幼馴染みだもんっ！」

3人の訴えに鼻の奥がツンとする。僕は目をゴシゴシ擦ると中へと入っていった。

「どうやって脱出したかもう一度教えて貰えますか？」

僕が促されるままにソファーに腰かけると左にレックス、右にミランダが座る。

側面のソファーでは父のマリクが両手を組みながらこちらを見ている。

「はい。わかりました」

あれから、無事に戻った僕が皆の前に顔を出すとその場はパタリと静まり返った。

まるで幽霊を見るかのような視線を皆が向けるなか、ミランダが泣きながら抱き着いてきて「エリクごめんね。よがったよぉ〜」と頭を押し付けてきたので僕は慰める側に徹した。

それからしばらくして、ミランダも落ち着いたのか顔を赤らめると離れていった。

ダンジョンから脱出して戻ってきたことを説明したのだが「上の人間に報告してきます」とセレーヌさんが言った。

しばらくしてセレーヌさんが戻ってくると「ギルドマスターがお会いします」と告げられここに案内されたのだ。

正面にはセレーヌさんの他に探索者ギルドマスターを名乗る壮年の男とサブマスターを名乗る女性がソファーに腰かけて質問をしてくる。

なので僕は3人に向けて先程と同じ説明を繰り返した。

「……というわけで、ルームの力でモンスターをやり過ごしてダンジョンを脱出したんです」

「…………なるほど。その恩恵にそのような使い道があったのですね」

説明を終えるとサブマスターが書類に何やら記載（きさい）している。

「何にせよ無事で良かったです」

セレーヌさんが温かい微笑（ほほえ）みを投げかけてくるので笑顔で返す。

「そうすると、お前さんダンジョンコアを持ってるんだな？」

ギルドマスターが探（さぐ）るような目を向けてきたので。

「ええ。ありますよ」

「疑うわけじゃねえが、見せてもらえるか？」

話の裏付けにしたいのだろう。

「分かりました。お待ちください」

僕がルームを開いてそれを取り出そうとすると……。

「えっ？」

「なになにどうしたの？」

「うおっ！　なんだこれ？」

両側からレックスとミランダが覗き込む。

「これ、話に聞いてたより全然広いんじゃ？」

僕らの前に広がっているのはルームと言うか……豪邸（ごうてい）でも建てられそうな程広い空間だった。

「これは……倉庫5つは入る広さだぞ」

あれからギルドマスターたちも回り込んできて僕のルーム内を見渡した。

「こんな恩恵は前代未聞ですね。特化系、補助系、生産系。いずれにも当てはまりません」

サブマスターが興味深そうに資料を捲り続ける。僕と似た恩恵がないか調べているのだ。

「そうするとエリクって何になるんですか？」

中の様子を見ながらミランダが質問をする。

「通常、特化系恩恵の場合はそれぞれの分野の学校に進みます。補助系や生産系も同じくです。ですが、それらに当てはまらない例外が存在します」

サブマスターは僕を見ると。

「それが特殊系ですね。１人１人が特殊な――レアと呼ばれる恩恵を持っています」

なんでも、一般的な火や土、剣技や槍技など1つの能力を伸ばす恩恵とは隔絶した存在らしく、これに当てはまらない恩恵を特殊系と呼ぶらしい。

「特殊系にも色々あります。有用なものから役に立たないものまで。ですが、これは間違いなく役立てられますね」

「そうだな。この恩恵は単に倉庫として使っても一生楽して暮らせるだろう」

ギルドマスターとサブマスターの間でなにやらやり取りがされている。その様子をどこかぼーっとしながら見つめていると…………。

『……………スカ？』

「ん？　レックス何か言った？」

「いや、別に何も言ってないぜ？」

「おかしいな……何か聞こえた気がするんだけど……」

「それで、エリクよ。ダンジョンコアはどこにあるんだ？」

「はっ……えーと……？」

広くなったとはいえそこそこ大きい石だったのだ、見逃すはずがないのだが……。

「見当たらないじゃねえか。本当にあるのか？」

父が疑わしそうな視線を向ける。

「おかしいな？」

頭がぼーっとする。僕は瞼が落ちそうになるのを堪えながらルーム内をくまなく探すのだが……。

「もうっ！　皆！　エリクはダンジョンから帰ってきて疲れてるんだよっ！　そんなのは明日で良いでしょ！」

「本当です。疲れが溜まっているようですね。残りは後日にしてまずはエリク君を休ませた方が良いのではないですか？」

ミランダとセレーヌさんが周囲を説き伏せてくれたお蔭で僕はようやく休む時間を手に入れられた。

4

『………すか？　マ……』

「うん？」

何かに呼ばれた気がして目を覚ます。

外は完全に日が落ち、星々が瞬いている。

あれから家に帰った僕は食事もそこそこにベッドに入ると、ダンジョンの疲れもあってか死んだように眠ってしまった。

「寝ぼけてたかな？」

『きこ……らへん……して………。マス……』

寝すぎたせいか頭が重たい。何かにささやきかけられた気がするが、部屋には誰もいなかった。

「気のせいじゃない。聞こえた」

女性だろうか。綺麗な声が頭に響くがまだよく聞き取れない……。

『へんじをして……さい』

声の主は何やら訴えかけてきているようだ。

「どこから話しかけてるんだ？」

僕が質問をすると、しばらく間が空いてから声がした。

『……ザ・ワールド』

聞いたことがない。だが、妙な気配を感じる。

自分の内側に誰かがいてそこから呼びかけているようなそんな感覚。

「開け！」

僕はルームを開くと中へと入っていく。そうすると……。

『返事をしてください。マスター』

「誰だ？　どこにいるんだ？」

『良かった。聞こえるのですね』

声に誘（さそ）われるままに進んでいく。そして部屋の真ん中までたどり着くと。


――ゴゴゴゴゴゴゴゴゴ――


地面が盛りあがり、台座のようなものが隆起（りゅうき）する。そしてその中央には水晶玉（すいしょうだま）のような球体が嵌め込まれており、その横に先程僕がルームに入れていた赤いダンジョンコアが同じく嵌まっていた。

「これは一体……？」

どうしてこんなことになっているのか？

僕が気持ちを整理しようとしていると……。

『お会いできて嬉しいです。マスター』

目の前で今度こそはっきりと声がした。

『どうされたのですかマスター？』

声が聞こえる。まるで僕を心配するような優しい声。

「ははは。疲れが溜まってるのかな？　よく寝たつもりだけど寝ぼけてるみたいだ」

だが、そんなはずはない。このルームの中には僕しかいないのだから。

転生に続いて幻聴。いよいよ自分の頭が心配になり始めると、

『むー。どうして意地悪するんですかマスター』

どこか咎めるような声に僕は目の前の球を見つめるのだが…………。

『そんなに見つめられると照れちゃいます』

認めたくはないが、どうやら目の前の球が声を出しているようだ。

「えっと、君が何なのか聞いてもいいのかな？」

意志の疎通はできるようなので意を決して聞いてみる。

『私は【管理者】ですよ。この【ザ・ワールド】の』

「ザ・ワールド？」

『マスターが支配するマスターのための世界です』

当然とでもいうような態度で答えてきた。ここはもう少し突っ込んで聞いてみよう。

「つまり、僕の恩恵――ルームと名付けたこれだけど、実はザ・ワールドという能力で君はそこの管理者って事でいいのかな？」

『流石マスターです。知能が高いです』

「……なんか馬鹿にされてる気がするんだが？」

言い回しの問題なのか、悪意はなさそうな声だ。

『そうだ。さっき私のこと踏みましたよね。酷いですよ』

「えっ？　そんなことした？」

『しましたよ。土足でグリグリと』

恐らくダンジョンで最初に入った時のことを言っているのだろう。あの時は小さい球だったのに少し見ないうちに大きくなったものだ。

それにしても感情が豊かというか…………。

「わ、悪かったよ」

とりあえず謝っておく。

球は『許します』と言うと沈黙した。それを観察していた僕はついつい聞いてしまう。

「ところでさ、さっきからどうやって喋ってるんだ？」

目の前にいるのは水晶玉のようにツルツルとした球だ。口が付いているわけでもなければ振動で音を発しているわけでもない。

『マスターの脳に直接送信してるんです』

なんと予想をはるかに超える返答だった。声の主は続ける。

『マスターの記憶を探った中で、もっともマスター好みの声を選択して話しているんですよ』

「なるほど。……どうりで」

聞き覚えがあると思った。よくよく思い出してみれば前世で大好きだった声優さんの声だったのだ。

「それで、なんでいきなり話しかけてきたんだ？」

「いきなり？　私はずっと話しかけてましたよ」

その割には声が聞こえたのは先程だが…………。

僕は少し逡巡(しゅんじゅん)してみると結論が出た。だがその推測を確認する必要がある。

「もう1つ先に聞いておくけどさ。そのダンジョンコアどうなってるの？」

球の横に嵌められた赤い球体。紛(まぎ)れもなく行方(ゆくえ)不明になっていたダンジョンコアだった。

『マスターからのプレゼントですか？　いいでしょう。せっかくなので飾(かざ)ってみました』

あげた記憶はないのだが……。

『これのお蔭で力を得ることができたんです。それまでは話しかけても交信が届かなかったみたいですね』

彼女（？）は魔核を吸収していた様子だ。だとするとそれ以上の存在であるダンジョンコアを取り込んでしまったのではないだろうか？

そう考えるとこの広くなった空間も話しかけてきたタイミングも説明がつくのだ。

「それで君。管理者というのはどういうこと？　ここで何をするつもりなんだ？」

意志を持っているのだから放っておくわけにはいかない。万が一能力が暴走したとして、僕まで危険人物指定を受けるのはまずいからだ。

何とかして制御(せいぎょ)しないと。

『私の仕事はこの【ザ・ワールド】を管理することです。強いて言うならマスターの安穏を守ることこそが使命ですよ』

「それは助かるけど……」

　安穏を約束してくれるならそうそう無茶なことはしないだろう。ここの管理を任せられるのなら僕としても異存はない。そんなことを考えていると、

『マスターその〝君〟っていうの止めてもらえませんか？』

「えっ。良いけど……？　名前教えてくれない？」

『名前はありません。マスターが付けてください』

　僕から生まれた能力だから当然名前もないと。色々考えなければいけないから裏で思考しているのにまた難題を押し付けてきたもんだ……。

　僕は頭が痛くなりつつも…………。

「…………じゃあ〝イブ〟で」

『わぁ。気に入りました。私は今日からイブです』

　前世で愛用していた薬の名前が咄嗟にでてきただけなのだが、気に入ってくれたようだ。

「それでイブ」

『なんでしょうかマスター。このイブが答えますよ』

　鈴の音が鳴るようなころころとした声色。完全に上機嫌なのがわかった。

「僕はこの力がどんなものか良く解ってないんだ。だからイブが知りうる限りの情報を教えてくれ

ないか」

魔核を取り込んだり、ダンジョンコアを取り込んだり、更には空間拡張としゃべりだす球。あとどれだけ仰天させられるかわかったものじゃないからな。

僕はイブの返答をじっと待つのだった。


「それで……どうしてこんなところに？」

現在、目の前には岩でできたダンジョンの入り口がある。

『マスターが能力について知りたいと言ったからじゃないですか』

その場には誰もいないにもかかわらず声がする。

これは僕の脳に直接話しかけているので他人には聞こえない。

話しかけてくるのは僕の恩恵の管理者であるイブだ。僕とイブは恩恵を通じて繋がっているためこうして会話ができるのだ。

「そうは言ったけどさ、別に家でもできただろ？」

ゆっくり寝たから身体は回復している。とはいえ、夜に抜け出してまでここに案内されたのは疑問だった。

『これが私の能力の1つです。近くに存在するダンジョンがわかるんですよ』

「そうか、分かったから帰ろうか」

あくまでもマイペースなイブに僕は帰宅を宣言するのだが、

『せっかくだから中に入ってみましょうよ。未踏破のダンジョンが近くにあるなんて運が良いんですから』

「いやいや。何言ってんだよ」

僕がダンジョンで遭難しかかったことを忘れたのか？

『平気ですよ。ここは前のダンジョンに比べたら生まれて日も浅いので、子供みたいなものですし』

ダンジョンに年齢とかあったのか？

僕が新たな事実を認識していると、イブは押し切るように僕を説得しダンジョンへと案内するのだった。


「へぇ。水が流れてるんだな」

入り口を抜けると雰囲気がガラリと変わった。

外と完全に隔絶したその場は、岩から水が流れてきて空気が澄んでいる。

やや肌寒さを感じるのだが、心地よくもあった。

「こういう雰囲気は悪くないね」

落ち着く水音に浸っていると。

『マスター。前から敵が来てますよ』

イブの忠告に前を見ると、何やら小型のモンスターが数匹こちらに向かってきていた。

「だから言ったのに。流石にあの数は面倒なんだけど」

現れたのはフロストゴブリン。僕が先日戦ったゴブリンと同程度の雑魚モンスターだ。

だが、僕はそこらのゴブリンに苦戦をする程度に雑魚なので、複数相手だと大苦戦することになる。

「仕方ない。粘れるだけは粘ってみるけど……」

僕が短剣を構えて敵を威嚇すると……………。

『マスター掌をかざしてください』

「えっ？　なんで？」

突然の指示に僕は思わず聞き返してしまう。

『いいですから。イブを信じて。ほらっ！』

何ともマイペースな、この状況をピンチと思っていないのかイブは急かすように僕に言う。

僕は短剣をしまうと目の前のフロストゴブリンに手を突き出す。そして…………。

「これでいいのか？　どうするんだよ」

そうこうしている間にもゴブリンは迫ってくるのだ。

『良いですかマスター。手の先をゴブリンたちの真ん中に向けてこう言ってください――』

腕がチリチリするのを感じる。何かが収束していき指先が熱くなる………。

『「ファイア」』

2人の声が重なる。

次の瞬間、僕の腕から大火炎が放たれ、目の前にいるゴブリンを一瞬で焼き尽くす。それどころか火炎は勢い衰えず飛んでいき、数百メートル先にある壁にぶつかると爆音を響かせて壁を大きく抉った。

「……おい。イブ？」

『なんでしょうマスター？』

「これは何？」

『今のは火属性の最弱魔法のファイアです』

「これが……ファイア？」

記憶にあるファイアはせいぜい焚火をつける程度なはず。これは火の上級魔法のフレアじゃないのか？

『いいえ、今のはフレアではありません。ただのファイアです』

したり顔で言っているのが想像できる。

「これがイブの能力なのか？」

『何言ってるんですか、これはマスターの力ですよ』

「僕の？」

『ザ・ワールドは取り込んだコアの力を使うことができるのです。今回はイブが補助しましたが、一度使い方を覚えれば大丈夫かと。次からは自分の意志で魔法を使えるはずですよ』

「それって、ダンジョンコアがあればあらゆる属性の魔法を使うことができるってふうに聞こえるんだけど？」

『その通りです。なのでマスターには早く全種類のコアを集めてもらわないといけません』

この世界で魔法は重要な能力だ。

特化型といわれる魔法を扱える恩恵を持つタイプはほとんどが魔法使いになる。その上で得意な属性を磨きあげ仕事に役立てる。他の属性に関しては修練を積まなければ使うことはできないのだ。

それを……………。

「一応確認なんだけど、全ての属性のコアを集めたら全属性の魔法が使えるってことなんだよな?」

柄にもなく心臓がドキドキする。

『ええ。その通りです。他にもコアによっては色々な種類がありますからね、できる限り集めた方が良いと思いますよ』

「マジか……」

試しにファイアを唱えてみる。今度は先程の現象を意識して威力を落としてみせる。


――ゴオオオオオオオオオオオオ――


「できたな」

コツを掴めば何ということはない。まだ威力が高いのだが、自分の意志で魔法を使ってみせた。

『この魔法があればこの程度のダンジョンは楽勝ですよ』

どうりで慌てないわけだ。これなら何が現れても消し炭にしてやれるに違いない。

『とりあえずここのコアを回収するところから始めましょう』

イブの言葉に僕は高揚感が湧き上がるのを抑えきれなかった。


「暑いな……」

僕はムクリとベッドから起き上がると寝汗を拭う。

『おはようございますマスター。寝心地はいかがでしたか？』

起き抜けにイブが話しかけてくる。

「地べたよりはましって程度だな」

ここはザ・ワールドの中で、僕は休息をとっていたところだ。

あれからダンジョンに潜って行ったのだが、モンスターが結構でたため、倒していたら段々と疲れてきてしまったのだ。

全て魔法で一撃で倒したのだが、魔法の使い過ぎによる疲労がでたのだ。このままでは魔力切れで動けなくなる可能性があった。

そんなわけで中に引っ込んで休憩をとることにしたのだが……。

『仕方ないですよ。まだ他のコアが手に入ってませんもの』

どうせ寝るならとイブが地面を操作してベッドを作ってくれたのだが、素材の感触が地面とさほど変わらないので安眠とはならなかった。

「それにしても、温度もう少し下げられないのか？」

全体的に室内は温度が高い。これでは長時間いると脱水症状が出かねない。

『はい。だからこそ水のダンジョンにご案内したのですよ？』

「ほう、その心は？」

イブの意図を僕は聞いてみる。

『水のコアが手に入れば火と合わせて温度調節ができるようになりますからね。生活基盤を固める為には必須です』

どうやらイブなりに僕の為に考えてくれているらしい。

『さあさあ、あと少しなので一気に攻略してしまいましょう』

「まったく。どっちが主人なんだかなぁ」

とはいえ、異論はない。僕は身体をほぐして装備を身に着けると外に出る準備をするのだった。


『というわけでここが最奥ですね』

洞窟の中に湖があり、湖には橋が架かっていて中央へと続いている。

湖の水はこれまで見た中でもっとも澄んでいてキラキラと輝いていた。

「喉渇いたから水がほしいんだけど………」

飲んでも平気だろうかと考えていると。

『では掌を上にして受け取ってもらえますか？』

「うん？」

なんだかわからないが了承すると、急に掌の上に黒いコップが現れた。

「これって？」

いつの間に持たされたのか、僕が戸惑いを覚えると。

『先程の応用ですね。コアの力を使って室内にベッドを用意したように今回はコップを作りました』

イブは室内であればわりと自由に壁やら何やら作れるみたいだ。家具を頼んだらやってくれるのかな？

『飲み終わったら言ってくださいね。戻しますので』

僕はコップで水をすくうと一気にあおった。

「ぷはっ！　凄い美味さだな」

これまで飲んできた水と違い、雑味が一切なかった。

『私の目によると、この水は錬金術士がポーションを作る材料に最適ですね』

その言葉に異論はない。実際、ポーションの材料として澄んだ水を汲んでくる依頼などもあるのだから。

僕はコップを握りしめてしばらく考える。

『マスター。どうかされましたか？』

「なあイブ。さっきコップを渡したよな？」

『ええ。イブとマスターは繋がってますので。双方の合意があればアイテムの受け渡しができますので』

ここまでは予想通りの言葉。

「だったら壺みたいなの作れるか？」

『は、はぁ……できますけど？』

こちらの意図がわからないらしく初めて困惑した声をきかせる。

「じゃあ、作ったら僕の手元に送ってくれ。ついでに水をすくえる道具も」

それから程なくして送られてきた壺に僕は水を一杯溜める。なかなかに骨の折れる作業ではあるのだが、先を考えるとここでやっておいた方が良いからな。

やがて壺が満タンになると。

「よし。この触ってる壺をそっちに回収してくれ」

『はい。わかりました』

目の前から壺が消える。

『そろそろどういう意図があるのか教えてくださいよ』

「うん。良質の水は結構高値で売れるからさ」

探索者ギルドの依頼にも『錬金術用の水の確保』という依頼がわりとあるのだが、モンスターと戦ったり運ぶのが大変だったりとかでやる人間が少ない。

「その点僕の能力ならいくらでも運び放題じゃないかと思ったんだよ」

最奥に到達することさえできれば汲み放題。万が一売れなくても水はあっても困る物ではない。畑に撒いたりとか身体を清潔に保つのにも使える。

『なるほど。流石マスターです。そんな単純な使い方思いつかなかったです』

心の底から感心するイブ。

「ある程度備蓄(びちく)したいから、どんどん壺を送ってくれよな」

『はい。マスター』

イブはこれまでで一番活(い)き活(い)きした返事をすると僕の指示を受けて壺を作り続けるのだった。


「ふう。だいぶ補充(ほじゅう)したけどどのぐらい溜まった？」

ぶっ続けで作業をして、時折現れるモンスターは魔法で瞬殺していると結構な時間が経(た)っていた。

『壺で55個ですね』


壺1つで依頼を1つこなせるとして、当面の在庫は十分だろう。

「よし、それじゃあ水のダンジョンコアを獲(と)って撤退(てったい)しようか」

『はーい。これで私も新しい力を振るえます』

中央の台座に向かうと水色の石を発見する。

火のダンジョンコアに比べると一回り程小さい。

それを取り外すとイブに送った。

『うふふふ。涼(すず)しげで可愛(かわい)らしいコアです。早速(さっそく)……』

嬉々(きき)として台座にセットしている様子が浮かんでくる。

『マスター手をかざしてください』

「かざしたよ」

『今度はウォーターと叫んでください』

恐らく魔法を教えてくれるつもりなのだろう。僕は心持ち威力を抑えめにすると、

「ウォーター」

なかなかの勢いで水が飛び出し壁に当たってはじける。

『これで水魔法も大丈夫ですね』

わずか1日で二属性の魔法を手に入れた僕はイブの言葉を聞きながら、この力の凄さを改めて思い知るのだった。


「あれ？　そんな大きさ変わってないよな？」

水のダンジョンコアを取り込んだということで中に入った最初の感想がそれだった。

火のダンジョンコアを取り込んだ時に敷地が広がっていたのでそういうものかとばかり思っていた。

『空間の拡張にもコアの力を使いますから。お望みならばコアの力を使って広げますよ？』

「そうだったんだ……」

だから急に部屋が広くなったということか。逆にいえばコアさえあれば相当空間を広げることができるわけだな。

「いや、今はいいよ。それよりも水はどこに？」

『あっちに部屋を作って置いてますよ』


地面から矢印が浮かび上がったのでそっちの方向を見ると、部屋の片隅（かたすみ）に仕切り壁とドアができている。

流石は管理者を自認するだけある、こちらが指示しなくても意を汲んでくれているようだ。

感心した様子で僕が台座の中央に置かれたイブのつるりとした球面を見ていると……。

『マスターお疲れ様です。休むのならベッド出します？』

僕が疲れていると思ったのかイブがそう提案してくる。

「いや、そろそろ戻らないといけないからいいよ」

家を出てから結構な時間が経っている。既に父も起きている頃だろう。

僕は一度家に戻ることにした。


「お待たせしました」

あれから家に戻って何食わぬ顔でドアを開けると父が起きていた。

そして「なんだ出かけていたのか？」と聞いてきたので「寝すぎて早くに目が覚めたから散歩してたんだよ」と答えた。

それから2人して遅めの朝食をとっていると、セレーヌさんが訪ねてきたのだ。

そして「至急来てほしい」と呼ばれたのでこうして再び探索者ギルドを訪れた。

「昨日の今日ですまないな」

ギルドマスターが気を使って話しかけてくる。

「いえ、問題ないですよ」

僕が答えるとギルドマスターは。

「お前さん。王都に行くつもりはないか？」

「えっ？　王都？」

いきなりの言葉に僕が聞き返す。

「ここからは私が説明させていただきます」

そう言うとサブマスターがファイルから紙を取り出し、それをテーブルで僕の前に滑らせる。

「これは？」

「王立総合アカデミーの推薦状です」

「どうしてそんなものを？」

「あなたはこの街で埋もれさせるには惜しい人材だからですよ」

先日、僕のザ・ワールドの収納機能に一目を置いていた。おそらく恩恵の力に一定の価値を認めてくれたのは分かったが、これでは説明不足だ。

「一般的に恩恵の儀式を終えた人間は資格を得るために3年間学校に通います。戦いの恩恵を受けた者は騎士や戦士になる為。魔法を使えるものは魔道士になる為。それぞれ街にある学校で技能を伸ばすのです」

　それは恩恵の儀式の後でそれぞれ話をされている。僕の場合は……。

「ですが、それ以外の人材に関しては街にろくな学校がありません。特殊系といえば聞こえが良いですが、くだらない能力が殆ど（ほとんど）で、大抵（たいてい）は卒業後にはダンジョン前の受付だったり、街の簡単な仕事に就（つ）くことになります」

　それも聞いている。僕なんかはレックスやミランダが「将来一緒に探索者になろう」と誘ってくれていたが、特殊系の恩恵は役に立たないものが多いのだ。

「だけど僕は既にこの街の普通（ふつう）の学校に通う予定ですよ？」

「王立総合アカデミーでは優（すぐ）れた人材を求めている。有力者3名の推薦があれば入試を受ける資格を得られるんだよ」

　それを聞いて僕は正面を見る。

　ギルドマスターにサブマスター。そしてセレーヌさんと目が合った。

「お2人が僕を買ってくれているのは分かりましたけど……」

　推薦人が足りないのでは？

　そんな疑問が伝わったのか。

「私も推薦してますから」

「セレーヌさんが？」

「正直、王都の学校はエリート意識が高く、街で突出した才能を持つ子供もそこでは平凡（へいぼん）になります。なので、無理にというわけではありません」

厳しい受験の末に自分が劣るという現実を突き付けられた過去の記憶。

「そうだな。街に残ってそれなりの学業を修めてそれなりの仕事に就く。そんな未来を否定するわけじゃない」

前世で過ごした時間が蘇る。どの世界でも同じ。与えられた環境と歯車に徹する自分。

「それどころか王都の方が危険な仕事が多いと聞きます。平穏を望むのならこれは差し出がましい提案なのかもしれません」

だけど、せっかくこうして異世界に転生することができたのだ。今の僕には信じられる未来がある。そしてそのための力も………。

「全てはエリクさん。あなた次第ですよ」

セレーヌさんの言葉を聞いて僕は推薦状に触れると………。

「その入試。受けさせてもらいます」

この世界に来てから最大のチャンスを掴み取るのだった。

第二章　田舎の少年、王都に上京する

1

「ふぅ……やっと到着した」

疲れ果てた声が漏れる。

『やっとも何も、まだ王都に到着したばかりです』

イブから呆(あき)れが混じった声が聞こえる。

「うるさいな、色々あっただろうが」

ここは王都の駅だ。

この世界では魔力(まりょく)で動く魔導(まどう)列車や魔導車といった乗り物が存在する。

比較的(ひかくてき)近い距離を移動するのが魔導車。長距離を大量の物資を運んで移動するのが魔導列車だ。

他にも金持ちだけが使うことのできる転移魔法陣(まほうじん)などの移動手段もある。

僕(ぼく)は現在、試験を受けるために上京してきたのだが、途中の乗り換(か)えやら何やらで駅構内が入り組んでいたため迷子になった。

最終的に近くを歩いていた親切な人に声をかけてことなきを得たのだが……。

『流石王都ですね。ダンジョンの気配をビンビンに感じます』

一方、イブはウキウキとした様子で王都の様子を探っている。

「やっぱり人が多い場所の方がダンジョンはできやすいんだな」

人が多く集まる場所ほどダンジョンが生成されやすいという説がある。

こちらの世界では常にどこかにダンジョンが発生している。

ダンジョンは様々な恩恵を人間に与えてくれるのだ。

もちろん高位のダンジョンともなればモンスターが湧いたりして危険が伴うのだが、国や人類にとってダンジョンから得られる資源はなくてはならないものなのだ。

そんなわけで、僕が王都行きを決めた理由の1つはダンジョンがあるからだった。

『それで、早速ダンジョン潜ります？　私のお勧めは最近できたばかりの土と風のダンジョンなんですけど』

「悪いけど今日はそんなことしてる暇はないぞ」

推薦を受けてから数日。急ぎで上京してきたのは試験が間近に迫っていたからだ。

本来なら恩恵に目覚めた時点で通う学校は決定する。だが、僕のように遅れて能力に目覚めた場合、受験先が変更になるのだが受験日については元々予定されている。

お蔭でたいした準備もできずに試験に挑むことになってしまった。

「とりあえず受験の為の準備と今日の宿の確保だな」

渡された要項にも書かれている。試験のために装備一式と食糧や消耗品各種を各自必要なだけ用意するようにと。

田舎の街では各種を用意する時間がなかったので、今から用意しなければ。

僕は諦めきれない様子のイブを窘めると駅を出るのだった。


「すいません。買い取りをお願いしたいんですけど」

最初に僕が向かったのは錬金関連の店。

中にはお婆さんがいてカウンター前の椅子に座っていた。

「ほう。これは可愛いお客さんだ。何を売ってくれるのかな?」

「僕もうすぐ16なんですけど?」

前世の記憶があるので、子供扱いされるのに若干抵抗がある。

「あらら、という事はアカデミーの学生さんかい?」

「いえ、これから試験を受けるんですよ」

「そりゃ失礼、あそこの試験は年々難易度が上がってるからね。落ちたからって落ち込むんじゃないよ?」

落ちる前提の話に微妙に反応し辛いが、決して悪い人ではなさそうだ。

「それで、ダンジョンで汲んできた水を売りたいんですけど」

「ダンジョンの等級は分かる？」

「えっ？」

お婆さんの質問の意味が解らない。

（イブ。等級って何？）

『人間界のランク分けはイブにはわかりませんよ。この水のコアを見る感じそんなに高くはないと思いますけど』

どこで知識を得たのか知らないがイブは物知りだ。なので聞いてみたのだがどうやら今回のことはわからないらしい。聞くことで恥を掻くけど、ここで曖昧にしておくよりはましだ。

「すいません。等級ってなんですか？」

僕は素直に聞くことにした。

「等級ってのはダンジョンの等級さ。汲んでくる水の質は等級によって変化する。Ⅰ～Ⅶまであってが最高ランクさ」

「……なるほど」

僕の記憶にないというより、田舎の子供が得られる情報に限界があったんだろう。

「等級がわからないと買って貰えないですよね？」

「今回はこっちで調べるから、その鑑定結果での買い取りになるよ」

「それで結構です」

「じゃあ、付いておいで」

そう言うと、お婆さんは奥へと入っていった。

「それで、その水ってのはどこにあるんだい？」

そう問い返したお婆さんに僕は。

「これですよ」

イブに命じて、目の前に水が入った壺を出して見せる。

「ほぉ、何とも便利な恩恵だね。特殊系かい？」

「そうです、詳細は教えられませんけど、結構重宝できる能力ですね」

特殊系はゴミ恩恵から希少性の高い恩恵まで様々だ。

なので、肯定しておけばそれほど詮索されないので都合が良い。

「それじゃあ、早速調べさせて貰うよ」

壺から水を汲み、装置の上の皿に垂らす。これは【鑑定】が使える魔導具だ。

アイテムの詳細が表示される便利な魔導具で、古代文明の産物としてダンジョンから発見されることがある。

「これはダンジョンランクⅡの水だね」

しばらくして鑑定内容が読み上げられた。

鑑定結果を聞いて初めて先日のダンジョンが下から2番目の難易度のダンジョンだったことを知った。

「壺1つにつき銀貨25枚になるけど良いかい？」

「それで大丈夫です。全部で50個程あるんですけどいいですかね？」

流石に量が多すぎるかと思って聞いてみると、

「こっちは問題ないよ」

どうやら問題ないらしい。それだけ水の需要が高いということなのかもしれない。

今後も水を入手するべきだと判断した。

お婆さんが承認してくれたので僕は次々と壺を並べて行く。

「じゃあ、これで移させてもらおうかね」

ポンプのような物を持ち出すと壺と貯水槽を繋ぎ水を吸い上げ始めた。

「これ魔導具ですか？　便利ですね」

「これが無きゃ重労働だからね」

確かに、僕も水を汲み上げるのに結構疲れた気がする。

今は優先順位が低いけどいずれはこの魔導具も買っておきたいところだ。

そうこうしている内に、水の移動が完了した。

「金貨12枚と銀貨50枚だよ」

そういってお金を渡してくれる。あれだけの労働でぼろ儲けとも思ったが、実際の場合はアイテムボックス持ちなら、収容スペースを確保しておかなければならないし、そうでない場合は単純に運ぶのに労力が発生する。

そう考えるとこの報酬(ほうしゅう)は妥当(だとう)なのだろう。

「ありがとうございます」

ほくほく顔でお金を受け取ると僕は次から次へと壺に触れ、イブに回収させていった。

「これで全部かな?」

回収し忘れた壺がないか確認をして辺りをキョロキョロしていると、妙な気配の物を発見した。

「ん。まだ何かあるのかい?」

お婆さんは僕の様子に気付いて声をかけてくる。

「ちょっと変なこと聞いてしまうかもしれないけど宜(よろ)しいでしょうか?」

「今時の若者にしては随分と礼儀(れいぎ)正しいね。なんだい? 大量に売ってもらったからね。何でも聞いておくれ」

お言葉に甘(あま)えて僕は隅の棚(たな)を指差した。

「この石なんですけど、これって何ですかね?」

そこには透明(とうめい)な石が乱雑に積まれていた。

「こいつはダンジョンコアの不良品さね」

「ほう。不良品ですか?」

「基本的にダンジョンの等級はⅠ~Ⅶだけど2つ例外があるんだよ」

お婆さんはまるで生徒に教鞭(きょうべん)をとるように教えてくれる。

「1つ目は等級なんかでくれない人類が未踏破の固有名を持つダンジョン」

おとぎ話で聞いたことがある。何時から存在するか分からない侵入者を100％退けてきたダンジョンの話。

「もう1つは特殊ダンジョン。部屋が1つしかなかったり、レア鉱石などが存在するわりにモンスターが一切湧かなかったり、はたまた転移の魔法陣で違う場所と繋がっていたり。難易度が設定できないダンジョンのこと」

そちらについては知らなかった。なんだかんだでエリクの頃の知識というのは子供が得られる範囲なので間違いや不足が目立つ。

外に出たからには情報収集を強化すべきかもしれない。

「それで、その特殊ダンジョンからもコアが獲られるんだけど、こいつは他のコアと違って魔導具に反応しないのさ。だから不良品と呼ばれているんだよ」

基本的に魔導具はコアの力で動く。なので、裕福な家庭は魔導具を所持すると共に動力源として低ランクのコアを使っている。だが、このコアは動力源にならないからこうしてホコリを被っているらしい。

「なるほど。使えないダンジョンコア……そんなものがどうしてここにあるんですか？」

乱雑にとはいえ積まれているのには何らかの意味がある。僕はお婆さんの返答を待つ。

「こいつはすりつぶして塗料と混ぜれば魔法陣を描くための道具になるんだよ。一応魔力は残ってるからね」

これで謎が解けた。それにしても使えないダンジョンコアか……。

僕は妙な引っかかりを覚える。もしこれが成功するのなら賭（か）けてみる価値はある。

「ちなみにこれは全部でいくらするんでしょうか？」

「金貨12枚だね」

誂（あつら）えたかのように今受け取った金貨とほぼ同じだ。

試験は明日なのだ、まだ準備で揃えなければいけないものは残っている。

その他に滞在費（たいざいひ）やらなんやらでお金が必要だ………。

『マスターどうするんですか？』

イブの声が聞こえる。これまでも様々なピンチを救ってくれた僕の恩恵だ。なにより、このまま試験にのぞむとして本当に合格できるのか疑問だ。

お婆さんも年々難易度が上がっていると言っていた。たかが2種類の魔法をちょっと使える程度で突破（とっぱ）できるのかは分からない。

僕は少し悩（なや）んだ末にこう答えた。

「そこのダンジョンコアを全部引き取ります」

2

「さて、早速だけど整理してみるかな」

僕は目の前に並べられた各道具を見渡す。

明日より始まる試験で必要と思われる道具を購入したのだ。

『それにしてもマスター買い込みましたね』

受験要項には「ダンジョンに潜っても問題のない用意をするように」と書かれていた。

なので必要と思われる物を次々と購入してはザ・ワールドの中へと放り込んだのだ。

毛布は予備を含めて3枚。ランタンや縄。そのほかピッケル。回復ポーションを少々に食糧は大袈裟かもしれないが保存食を含めて数週間分用意した。

それらを1つずつ点検していき、問題がないことを確認する。

「あとはこいつだな」

それらの探索者用の道具とは別に避けておいた購入品を手に取る。

『マスターはやく試してみましょうよ』

イブが作ったテーブルの上にそれを並べて行く。

透明な石は大中小揃えて全部で60個。金貨12枚支払ったので1個の価値は大体銀貨20枚になる。

これまで僕のザ・ワールドは魔核を取り込んでは空間を拡張させたり、ダンジョンコアを取り込んでは環境を整え魔法を覚えさせてくれた。

そのお蔭もあり、雑魚モンスターに苦戦することなくダンジョンを制覇したりできたのだ。

僕はこの恩恵は特殊な力を持つ石から能力を引き出すものだと推測した。

であるならば、魔導具を使って引き出せない能力でも僕なら使える可能性があるのではないだろうか？

「まず1つ試してみよう」

そう言って台座の上に小さなコアを置く。イブのような球体ではなく、角がゴツゴツしている指先程の石だ。

「イブ、どうだ？」

僕が石を置くと、イブが台座にその石を取り込み。

『少々お待ちください…………………解りましたっ！』

少し待つと明るい声で返事をする。

『マスター。これはスピードの能力があります。そして………。

「スピード？」

『使うと敏捷度が2倍になるスキルですね』

「それは……なかなか強力な能力じゃないのか？」

僕のような一般人でもこれがあれば敏捷度だけなら熟練の戦士と張り合えるだろう。

どうやら思っていた通りらしい。特殊ダンジョンのコアは不良品なんかじゃない。

この世界の魔導具では扱いきれないだけで僕には有効なアイテムなのだ。

僕は期待を露わにすると次の石を台座へと載せる。

『うーん。これはパワーの能力があります』

パワーとは筋力が2倍になるスキルのことだ。これを恩恵として授かった人間は騎士や戦士に就くことが多い。

『こっちはマジック。そしてこちらはラックですね』

小さめの石から順番に鑑定していってもらった結果以下のようになった。

・スピード×10個
・パワー×8個
・スタミナ×9個
・マジック×7個
・ラック×12個

『小さな石なので1回使用するとなくなっちゃいますね』

なんでも、このコアの大きさでは力を溜めておくことができないらしく、一度使えばすべての能力を解放してしまうようだ。


「そうなると1回の使用で銀貨20枚ってことか……」

気軽に使うことはできなさそうだな……。

それでも一時的にブーストを得られるというのは安心感がある。

普通の人間であれば恩恵として1つ授かれば良い能力なのだ。

課金ブーストになるけど全能力を倍加できるのはすさまじいアドバンテージだ。

「とりあえずこいつはイブが保管しておいてくれ。使う時は指示をするから」

『はい、任されましたよ』

流石は管理者だけある。快活よい返事をしたかと思うとコアを台座の中へとしまいこむ。

「次は残りの石だな」

残った石は大が2個、中が12個。

恐(おそ)らくは小のコアよりも大きな能力を秘(ひ)めているに違いない。

「さて、次は少し大きめのコアの鑑定だな」

僕は中ぐらいの大きさの石を1つ手に取ると台座に置く。そうするとイブが早速鑑定を始める。先程よりも時間がかかる。数分ほど経(た)つと……。

『これは………【クリーン】の魔法が使えるコアですね』

「クリーン？」

いかにも便利そうな名前が出た。

『部屋の掃除(そうじ)をしたり、身体(からだ)を綺麗にしたり、とにかく身近なものを清浄(せいじよう)するスキルのようですよ』

「そう聞くと普通の能力だな」

だが、普通にやることはできても時間がかかるのは間違いない。

それを魔法1つで解決できるのなら十分使える能力だ。

もっとも、たった1つだけ貰える恩恵がこれの場合は本気で泣くしかないのだが…………。

『早速使ってみてください。マスターは今日1日歩き回って汗臭(あせくさ)いですし』

鼻がないのだから分かるわけがないだろうに……。適当に言っているだけなのだろうが、イブにそう言われると急に気になり出す。

僕はファイアを使う要領で手をかざすと——


「クリーン」


唱えると身体が暖かくなり、蒸気のようなものが立ち上がり始めた。

「なにこれ！　凄いスッキリするんだけど！」

温泉でアカスリをした時のような、身体中の汚れが毛穴の中まで取れたようで肌がスベスベになった。

「これ、本当に凄い力なんじゃ？」

ただの恩恵の域を超えている。試しに散らばっている地面に向けてもう一度クリーンを使うと小さなホコリや砂が消えてピカピカになった。

『マスターの力があってこそですよ。使うスキルの威力は使い手によりますから』

「そうなの？　それにしたって、僕ってそんなにレベル高くないだろう？」

先日まではゴブリンにも苦戦する程度の力しかなかったのだ。

恐らくこのスキルを覚えた人間は当然戦闘になど出ないだろうから最低レベルで効果も最弱なのだと思う。むしろ一生使わないこともありえそうだ。

『えっ？　だってマスター、この前あんなに沢山のモンスターを倒してたじゃないですか？』

「あっ！」

そこで思い出す。あまりにも簡単に魔法で倒していたので思い至らなかったが、水のダンジョンで確かに結構な数のモンスターを倒していた。

結果として、僕のレベルが上がったお蔭でスキルもレベルアップしたということだろう。

「ということは、レベルが高ければ恩恵も有用になるのか？」

恩恵やスキルは本人の技量とのかけ算なのだろう。熟練の人間が使うことで威力が異なることはありえる。

『マスターならどんな微妙な能力でも使える力に変化できそうですね』

イブの言葉は的を射ている。

そもそも、なぜ微妙な恩恵と言われるのか。それはこの世界の人間が微妙な恩恵を持つ人間を育てないからだ。

最初の適正をみてどう考えても使えなさそうな恩恵の場合そのあとは見向きもされない。

適正なしということで学校に押し込んだあとはお定まりの授業をさせてそのまま街の仕事に就かせる。

経験が積めないのでいつまでもレベルを上げることができない。そうなると微妙な恩恵は陽の目を見ることはない。

だが、それも仕方のないことかもしれない。

鍛えれば使えるようになるかもしれないといっても、鍛えるのに多大な労力とリスクが発生するのだ。

だったら、最初から使える人材に絞って鍛えた方が良いに決まっている。

僕みたいに微妙な恩恵スタートでも、手を差し伸べてくれるような幼馴染みがいれば話は違ったのだろうが……。

レックスとミランダの笑顔が浮かんだ。

「とりあえず残りの鑑定を進めよう」

僕が次々にコアを台座に載せていくと……。

『毒耐性、麻痺耐性、魅了耐性、混乱耐性、暗闇耐性、睡眠耐性、石化耐性、火耐性、水耐性、風耐性、土耐性です』

イブが次から次に鑑定をしていく。

「そんなに一杯……凄いな……」

ちなみに耐性が恩恵の人間はそれぞれの耐性が必要な仕事に就かされることが多い。

毒耐性なら毒の沼地や空気環境が劣悪な場所だったりとか……。

有用ではあるが、あまり人気のない恩恵だったりする。

そして、上位恩恵には【無効】がある。それぞれのバッドステータスを無効化してくれる強力な恩恵なのだが、やはり配属先は………。

「よし。このスキルを所有していることは誰にも言わないようにしような」

僕は将来を考えてこのスキルは秘匿することにした。

「さて、最後は大きなコアだな」

ここに来て期待が高まるのを感じる。

中のコアの時点でレアスキルを得られたのだ。

傾向としてコアの大きさはスキルのレア度に比例している。

ならば大のコアこそが目玉で間違いないだろう。

『はーい。それじゃあ鑑定しますね』

僕がコアを台座に置くと、イブは軽快な声を上げて鑑定を始める。

『…………………………』

10分が経過した頃、イブの気配が変わった。恐らくは鑑定を終えたと思うのだが……。

「どうした？」

これまでと違っていつまでも結果を話さないので声をかけてみる。

『………………最後の二つは【神殿】と【畑】です』

「はっ？」

あっけにとられたせいで妙な声が出る。イブの発言は僕にとってあまりにも予想外だったからだ。

「それってスキルなのか？」

質問をしながらも考えを巡らせる。今のところ透明のコアには何かしらのスキルが入っている。今回も当然スキルということになるのだが……。

だとするとどういうスキルなのか？

言葉の意味は知っているが、どのような効果を持っているのかまったく見当が付かない。

そんな僕の困惑をよそに、イブは説明を続けた。

『拡張型の恩恵ですね。ザ・ワールドと連結させると具現化できるようです』

拡張型？　いまいち良く分からない。とりあえず詳しい説明を聞いてからにしよう。

『使い方の説明。しても良いですか？』

「ああ、頼むよ」

『まず【神殿】についてです。質問は最後に受け付けますね』

そう言うとイブは説明を開始した。

【神殿】……神殿を設置することができる。1日1度祈りを捧げることで【祝福】を受けることができる。受けた祝福は24時間持続する。

受けられる祝福は下記の中からランダム
・スピード100％アップ
・パワー100％アップ
・スタミナ100％アップ
・マジック100％アップ

・ラック100％アップ
・経験値増加100％アップ
・回復力増加100％アップ

「これはまた、やばいのがでたな」

先程の小さなコアの能力と同等だ。効果はランダムとはいってもどれが出ても有用だ。これを祈りを捧げるだけで受け取れるとか反則過ぎるだろ。

『マスターが使うからこの説明なだけですよ。本来のスキルとしては【祈祷】になります。少しだけ運に恵まれる程度のスキルですよ』

イブからの補足説明が入った。どうやら、あらゆる微妙なスキルはザ・ワールドを介すると化けるようだ。

僕がそう分析をしていると……。

『とりあえず出してみますね』

大のコアが光るとザ・ワールド内の中空に神々しい光が溢れ、何かが出てくる。

僕は眩しさに目を細めた。やがて光がおさまると、僕の目の前に神殿が浮かんでいた。

「……思っていたより小さいな」

子供のおもちゃハウス並のミニチュア神殿がそこに浮いている。

『まだ力がそんなにないですからね』

そんなイブの言葉をよそに僕は効果を確かめたくなる。

「どうすれば良いんだ？　とりあえず祈ってみれば良いのか？」

『そうですね。祈れば祝福を得られます』

その答えを聞いて祈りを捧げようかと思ったのだが、ふと気になる点が出てくる。

「なあ。さっき拡張型の恩恵って言ったよな？」

『はい。言いましたよ？』

「それってどういう恩恵なんだ？」

聞き覚えがない言葉だ。

僕の質問にイブは答えた。

『この恩恵はある行動をとることで能力がランクアップしていくようです』

なるほど、神殿が小さいのも先程の「まだ力が弱い」という発言もそういう意味だったのか。

「どういう行動を取れば良いんだ？」

イブには条件がわかっているのだろう。ワクワクしながら返答を待つ。

『神殿をレベルアップさせる。その条件ですが………』

ゴクリと喉がなる。イブは一瞬のためを作ったあとで言った。

『寄進をすることです。金額次第で建物が立派になり、受けられる祝福の種類も増えてパワーアップするようです』

僕は財布の中身を覗いてみる。完全に空っぽな状態だ。

どうやらすぐに試すことはできないらしい……。現実的な恩恵のようだ……。

第三章　無人島サバイバル試験

1

「ここであってるんだよな？」

翌朝になり、僕はイブに起こされると軽く身だしなみを整えてクリーンの魔法を使った。

寝ている最中に掻いた汗や寝癖。更には装備品の汚れまでが一瞬で消えて、朝からゆっくりお風呂にでも入ったかのようにスッキリした。

そんなわけで、近くの食堂で朝食を摂ったあと、指定された試験会場に来てみたのだが…………。

「どうして船着き場なんだ？」

間違いということはないと思う。何故ならそこかしこに僕と同じぐらいの年の少年少女が武器防具を身に着けて集まっているからだ。

ここが王立総合アカデミーの受験会場なのは明らかだった。

それにしても…………。僕は彼らの装備を見渡す。銀の紋章で飾られた鎧や宝玉の入った杖。

魔力の籠もったイヤリングなど。どいつもこいつも…………。

『凄い装備ですね。それに比べてマスターは…………』

（それを言わないでくれ）

もっと時間があれば装備を調えるお金を稼いだりもできたのだ。

だが、今回は試験までの時間が足りなかったため、ぎりぎりで用意をした。

自身の恩恵を強化する方にお金をつぎ込んだ結果、このみすぼらしい格好になっただけだ。

『まあ、大事なのは中身ですマスター。外見を取り繕ったところで実力がなければ意味がないですから』

慰めだろうか、その言葉が妙に痛ましい。

（ありがとう）

短くお礼を言うと。周囲の受験生が和やかに会話をしているのが耳に入る。

やれ「○○工房の特注品」だの「有名付与師の魔導具」だの自慢合戦を繰り広げている。

僕は周囲をなるべく見ないようにしながら奥へと進んでいった。


「それでは、試験を開始する」

目の前には試験官がずらりと横一列に並んでおり、その内の1人が台の上に立ち僕らを見ている。

僕らは浜辺に整列させられるとその言葉を真剣に聞いている。

「ここはアカデミーが所有する訓練のための島である」

あれから僕らは船に乗せられること数時間、無人島に連れてこられた。

「諸君らにはここで1週間生活をしてもらうことになる」

それというのも、試験の内容が今しがた試験官が言った通り無人島で生活することだからだ。

「質問宜しいでしょうか？」

受験生の1人が挙手をすると試験官は首肯する。

「ただ生活をすれば良いのですか？　他に何か課題のようなものは？」

それは僕ら全員が思っていたことだった。単に生活するだけならば難しくはない。アカデミーの試験は難関だと聞いていたのに拍子抜けだ。

「他に課題はない。何故ならこの島には多数のモンスターが生息しているからである」

その言葉に多くの受験生が息を呑む。

「確認されている中では最大でDランクまでのモンスターが存在している」

モンスターのランクはSSS・SS・S・A・B・C・D・E・F・Gまでだ。

僕が相手をしていたゴブリンは最弱のGランク。それより上のコボルトとかでもFランク。

Dランクというのは同ランクの冒険者や探索者が数人がかりで相手をする程度の強さを持つモンスターだ。

受験生たちの顔付きが変わる。

「そ、そんなの嘘ですよね？　だって俺たちはまだ駆け出しの探索者ですよ？」

1人の受験生がブラフだと思ったのか試験官に問い詰めるのだが……。

「君は高ランクのモンスターが目の前に現れた時『まだ未熟なので見逃してください』とでも言うのか？」

試験官の怜悧な視線を受けてそいつは押し黙った。それを良い機会と思ったのか試験官は続ける。

「我がアカデミーは最新の施設を保有する王都最高の学校だ。だが、勘違いするな。設備が充実していて大人数を受け入れられる敷地はあるが、鍛えても意味のない生徒を在籍させるつもりはない」

その言葉に騒めきが発生する。

「もし試験を受けるのが嫌になったらそうそうにリタイアするが良い。直ぐにでも船で港まで帰してやる」

ここまで来ておきながらそんなみっともない真似ができるわけもない。

その場の何人かは試験官の言葉をただの揺さぶりだと思ったようだ。

そいつらはよい身なりをしているので恐らくは貴族かそれに近しい身分なのだろう。

自分たちのような立場の人間がいるのに危険なモンスターを配置するわけがないと考えた。

だが、そんな浅知恵をあざ笑うかのように試験官は言葉を続けた。

「ここでは家格がどうとか身分がどうとかは関係ない。たとえ王族であろうとこのアカデミーでは単なる一生徒だ。試験で優遇するつもりは一切ない」

その言葉を皮切りに試験の開始が宣言されようとしている。

緊張が伝わり、受験生たちが青ざめた顔をする中……。

『マスター、この島。手つかずのダンジョンが結構ありますよ。滞在期間中に一杯回りましょうよ』

イブだけが楽しそうな声を出してはしゃいでいるのだった。


がやがやと受験生たちが行(ゆ)き交(か)う様子を僕はじっと見ている。

その場は騒然(そうぜん)としていて、怒鳴(どな)り声からパーティー申請(しんせい)の呼びかけまで混乱した様子が目立つ。

彼らは周囲と協力して試験を乗り切るために仲間を募集(ぼしゅう)している最中だった。

『マスターは申請しないんですか?』

じっと見ているとイブが話しかけてきた。

(そもそも、僕に声をかけるやつがいると思う?)

先程(さきほど)から受験生たちが目の前で避(よ)けて行くのだ。

『うーん。中身を知れば引っ張りだこなんですけどねー』

何故なら、他の受験生に比べて装備が貧弱だから。

荷物はザ・ワールドにしまっているので短剣と革鎧にローブ。

明らかにやる気の欠片(かけら)もないように見えるのだろう。

恐らくこの場の全員の認識(にんしき)で僕は脱落者(だつらくしゃ)1号に見えているはずだ。

そんな人間をパーティーに誘う酔狂(すいきょう)なお人好(ひとよ)しがいるわけもない。

「とにかく、この場から離れようか」

待ってたところで勧誘(かんゆう)をされそうにもない。僕はその場から立ち去ることにした。

『それで、こんな森の中で何をするんですか？』

他の受験生たちが慌てて仲間を集めている間に僕は人気のない森を進んだ。

「ここらへんで良いかな」

足元には枯れ落ちた葉が積もっている。僕はそれに手で触れると、

「イブ。ここの腐葉土をそっちに収容してくれ」

『分かりました』

目の前からみるみる腐葉土が消えていき、湿った土が見えるようになる。

何故僕がそんな行動を取っているのか勿論意味がある。

「そしたらその腐葉土を【畑】に撒いてくれ」

『わわっ。凄いですよマスター。畑がみるみる成長して広がっていきます』

イブの報告を聞く。どうやら今のところ上手くいっているようだ。

先日、大きなコアから覚えた恩恵の【畑】これは拡張型恩恵だった。

そして、拡張させるための条件というのが肥料を補充することなのだ。

王都では森などが存在しないので無理だったが、試験会場の無人島は違う。

人の手が入っていないから資源は取りたい放題なのだ。

そんなわけで【畑】を拡張すべくこうして汚れても構わずに作業にいそしんでいる。

「あとは何か育てる植物か種を用意できれば良かったんだけどな」

この恩恵は大きなコアからなのでかなり優秀だ。

肥料を使って拡張しておけばその【畑】で植物を育てることができるのだ。

『畑の中でならどんな植物でもすくすく育つって説明ですから。野菜とか育てれば食糧に困りませんもんね』

無条件で失敗なく育てられるのなら珍しい種でも手に入れて育ててみるとかありかもしれないな。

『それにしても、他の受験生が必死に生き残りをかけて頑張ってるのにマスターは農作業してるなんて余裕ですよね』

そんな直接的な感想を僕は肯定する。

「まあね、だってこの試験内容って僕に有利過ぎるし」

受けた時点でほぼ合格確定なのだ。

数週間分の食糧は既にザ・ワールドの中に用意してあるし、恩恵との相性が抜群ときたものだ。

最悪、1週間ずっとザ・ワールドの中に引き籠もっておいて、試験終了後に何食わぬ顔で合流すれば良いのだ。

『でも、マスターはそんなことしないですよね？』

「私わかってますから」とでも言いたそうな態度をイブはする。まだ短い付き合いなのだが、イブは僕の性格を良く解っているようだ。

長いサラリーマン生活が染みついているため、急に休めと言われても困るのだ。

「まあ、せっかくの機会だし。試験が終わるまで暇なんだからイブが言うようにダンジョンを巡ったり、売れそうな物を集めたりかな？」

【神殿】の底上げもしたいし、他の属性のダンジョンコアも入手したい。

せっかく面白い能力を入手したのだからどれだけ使えるかを検証してみたいのだ。

試験のことはおいておいてもひとまず自分の能力の地盤を固めておきたいところ。

『とりあえず【畑】を完全にするにはまだまだ肥料が足りませんよ』

イブからの報告に僕は腐葉土を集める作業を再開するのだった。

それからしばらくするとぽつぽつと小雨が降り始めた。

「ふぅ、今日はこんなところかな？」

僕は汗を拭い本日の作業を終了してザ・ワールドへと引き上げるのだった。


「さて、そこそこ育ったみたいだな」

ザ・ワールドの隅に新たに拡張された部屋の入り口を潜り抜けると暖かな光が天井から照らす家庭菜園程度の畑が見える。

本日、僕が必死に腐葉土を集めて拡張させた結果がこうして見られるのは感慨深いものだ。

『これならお野菜を一杯育てられそうですよ』

イブもどこか満足げな声をさせる。だが……。

『………でも、せっかく畑ができたのに何も植えられないのは残念ですよね』

少しだけ声のトーンが落ちてしまうのは仕方ないだろう。

意気揚々と腐葉土を集めていたのだが、森の天気は変わりやすかった。

突然の雨に作業を中断させられたのだ。

『まだ結構降ってますよ』

イブが少しだけ入り口をあけて外の様子を見せてくれる。

大粒の雨が降り注ぐのが見え、水が地面を打つ激しい音が中まで聞こえてくる。

これでは他の受験生たちはたまったものではなかろう。

サバイバル初日からの大雨。テントを設置したり、火をおこしたり。

食糧を探し回ったりと夜に備えていたはずが、予定を切り上げざるを得なかっただろう。

中にはパーティーを組むのに手間取って雨の中に投げ出された受験生もいるだろうな。

『マスターはどうしますか？』

そんな風に同情をしているとイブが今後の予定を聞いてきた。

「クリーンも使ったし、今日はもう部屋の中で読書でもしてようかな」

身も心もさっぱりするクリーンを使ってしまったあとは暖かな家で寝間着姿で寛いでいるような感覚に陥る。

ベッドに横になると気持ちが良くなってしまいこれ以上働く気が起きないのだ。

僕が寛ぎ始める様子を見せると……。

『暖房の温度を少し上げますね』

その様子を見てイブが室温を調節してくれる。

部屋の管理からスキルの管理までを一手に引き受けてくれる何とも頼もしい管理者だ。

もうすぐ夜になるのだから早めの店じまいということで良いだろう。それに……。

「この教本も読んでおきたかったからな」

開始前に受験生には本が配られたのだ。内容は探索者として身に着けるべき知識が書かれているらしい。

田舎（いなか）から来た僕にとっては知らないことの方が多い。試験で動き回る前に一通り目を通しておくのが良いだろう。

僕はベッドに横になると教本を広げるのだった。


「なるほど……恩恵とスキルってそういう違いがあったのか」

本の内容に感心させられてついつい声が漏れてしまう。言葉にすることで記憶が定着しやすくなるという話を聞いたことがあったので以前より癖（くせ）になっているのだ。

僕は改めて今得た知識を頭の中で整理する。

教本の内容によると、この世界では15歳になるとまず恩恵を授（さず）かることになる。そして、モンスターを討伐（とうばつ）することでレベルが上がり成長の証（あかし）としてスキルを覚えることができる。

例えば【火の魔法】を使える恩恵を持つ人間が後天的に【土の魔法】のスキルが使えるようになったりとかだ。

どちらの魔法にも恩恵とスキルが存在する。そうなるとその差は何処（どこ）にあるのか？

答えは習熟できるレベルだった。

恩恵で得られる熟練度を最大100とすると、スキルで得られる熟練度は最大80までしか習得することができないらしい。

なので、仕事を選ぶ際にスキルより恩恵を基準に考えられるのだ。

いきなり使える恩恵と違い、スキルは熟練度0からスタートするため、使いこなせるようになるまで、結構な修練が必要になる。

それがこの教本から学んだ話。

僕は台座にてツルツル輝く透明な球体——イブを見る。

信じるなら、彼女はザ・ワールドという恩恵らしい。

コアを取り込み、そのスキルを使えるようになる。これまで聞いたことがないような凄まじい恩恵だ。

使えるスキルはその全てが規格外で実用的。世に出ていれば目立たないわけがない。

【クリーン】はそれ1つで商売可能だし【畑】も説明を聞くだけでも有用だとわかる。

【神殿】に関しては試してないが、他の人間にも祝福を与えられるのなら宗教を始めることも可能ではなかろうか？

コアを取り込めるイブがいてこそだが、この恩恵は絶大すぎる。

『どうされたんですか。マスター？』

じっと見ていたのが気になったのか、イブが話しかけてきた。

「いや、ザ・ワールドみたいなスキルって存在するのかと思ってね」

基本的にこの世界で恩恵として存在しているものはスキルとしても存在している。

恩恵から派生するのがスキルと言われており、魔法職は魔法を、戦士職は武器のスキルをそれぞれ伸ばしていくことになる。

ザ・ワールドは僕の恩恵だが、他人のスキルとして発生することもありえるんじゃないだろうか？

『どうなんでしょうね。イブにはよくわからないですよ』

多分だけど、イブのように意志を疎通できるスキルは存在しないと思う。もし過去に例があればこれ程の能力だ、伝説に残らないわけがない。

「他はどうでもいいか。大事なのは僕の恩恵がイブで良かったということだし」

こちらの意図を汲んでくれて能力も申し分がなく、さらに話し相手にまでなってくれるのだ。これ以上の恩恵はないだろう。

『…………………………』

何やら沈黙をする気配を感じる。もしかするとイブも疲れたのかもしれないな。

「とりあえず、今日はここまでにしよう」

明日も朝から試したいことがあるのだ。初日から疲れを残すのは得策ではない。

僕が布団を被ると部屋が薄暗くなる。そんな行き届いたサービスに頬が緩むと徐々に意識を手放していくのだった。

2

『マスター。右手500メートル先にモンスターが3匹います』

「はいよ」

イブの指示に従うと僕は音を殺しながら進んでいく。

そして言われたポイントの近くに来ると草木の間から様子を見る。

『コボルトが3匹ですね。一気に片付けましょう』

「そうだな」

相手はF級モンスター。駆け出しの戦士がサシで戦うぐらいの強さを持っている。

それが3匹となるとパーティーで戦う方が良い。だが……。

僕は短剣を構えると。

「行くぞっ！」

草木の間から飛び出した。

「ワフッ⁉」

コボルト1匹が気付いて叫び声を上げると残りの2匹が一斉にこちらを見る。

だが、叫び声を上げた1匹は構えるのが遅れたのか、無防備な姿を晒した。

「くらえっ！」

力任せに短剣を横に振る。コボルトは革鎧を纏っている。通常であれば短剣なんかの攻撃では浅く傷をつけるだけだろう。だが…………。

――ドシャ――


何か重たいものが地面に落ちる音がすると。

「「ワワワッ!? ワフゥッー!?」」

2匹のコボルトは半狂乱になり叫び声をあげている。

僕が地面を見てみるとそこには上半身と下半身がわかれたコボルトの死体が転がっていた。

「よしっ！　次だっ！」

僕が睨みつけると、残ったコボルトは怯えながらも向かってきた。

恐怖のせいか振りが不安定で予測しづらい。

だが、以前のゴブリン戦と比べると相手の動きがスローモーションのようにはっきりと見える。

振りかぶったコボルトの剣を身体を横に引いて避けるとそのまま足を横滑りさせて流す。そしてもう1匹のコボルトの横なぎを身体をくの字に曲げることでかわす。

それらの動作を一瞬でおこなったあと、コボルトたちは僕を見失ったのかキョロキョロしている。

僕は1匹目を脳天から切り降ろして両断すると、2匹目は首を狙って跳ね飛ばした。

『流石マスターです。鮮やかでした』

戦闘が終わり、イブの称賛が聞こえる。

もちろん嬉しくないことはないのだが………。

「これがザ・ワールドの……いや【神殿】の効果か」

その力に驚く。

そもそも、こうして戦い始めた経緯を思い出す。

今朝、僕は目覚めると【神殿】の祝福が切れているのを感じた。

それで本日の祝福を得るために祈りを捧げてみたのだが、与えられた祝福が『パワー100%アップ』だったのだ。

どうせならばその日に受けた祝福の効果を試してみたい。

そう考えた僕は本日は島を歩き回ることにした。

そうして何度か単体でいるゴブリンと戦ってみたのだが、以前苦戦した時とは比べ物にならない。

相手の攻撃は軽く、速度は亀のように遅い。

どうやったら苦戦できるのか理解できないレベルだった。

『それはマスターがレベルアップしてるからですけどね』

先日ダンジョンに籠もった時、現れたモンスターをファイアで倒したことは記憶に新しい。

どうやらあれで結構レベルアップしていたらしく、身体能力から魔力まで相当底上げされているようだ。

そのせいもあってか、ゴブリンやコボルト討伐という駆け出しが苦戦する敵をあっさりと倒せるようになっていた。

僕はコボルトを1箇所に纏めると火をつけて燃やす。そして燃え尽きたところで水をかけてクリーンをかけると。

そこに3つの魔核が転がっているので拾い上げた。

そしてついでにコボルトたちが持っていた長剣を拾い上げると、

「イブ、回収だ」

『はい。マスター』

手に持つそれが手品のように掻き消える。イブが回収してザ・ワールドに収納したのだ。

『お疲れ様ですマスター』

イブの労いの言葉に応えると、次の敵を探しに歩き出すのだった。


「さて、そろそろ戦闘にも慣れてきたし他のことをしたいかな」

あれから、得物をコボルトの長剣に持ち替えた僕は数十程のモンスターと戦闘をして経験を積んだ。

そのお蔭もあってか、戦闘に対する恐怖が薄らぎ、動きのかたさも取れてきた。

学生の試験会場として使われているからか、苦戦させられるようなモンスターとは遭遇していない。

回収にしても、ダンジョン外だといちいち燃やして魔核を取り出さなければならないので手間と時間がかかる。その上……。

『やはりこんな魔核じゃ物足りないですね』

モンスターの強さによって魔核の質も変わるらしく、雑魚(ざこ)モンスターの魔核ではイブも満足できないようだ。

「とりあえず、他の属性のダンジョンコアでも取りに行くか」

基本属性の土と風はこの無人島にも存在しているのはイブが教えてくれた。

なので僕はイブに指示を出すと目的のダンジョンを目指して歩き出した。

『お疲れ様ですマスター。これでお部屋が充実しましたよ』

ご機嫌(きげん)な様子で話しかけてくるイブ。あれから急ぎ足で土と風のダンジョンを制覇(せいは)したのだ。

「とはいっても、ダンジョンランクⅡだったし」

先日読んだ教本によると、ダンジョンランクはⅠ～Ⅶに定められている。

単一属性の敵が出るのがⅠ～Ⅳまで。

『確かに、火のコアがⅣで他はⅡですからね。私としてもバランスが大事だと思います』

デュアルダンジョンで拾った火のコアはⅣだった。基本的にダンジョンのレベルとコアは連動しているのだ。

強力なコアの方が強力な魔法が使える。なので、できるだけ強いコアを持っている方が先々楽になる。

「それに、ボスがいなければ退屈するのは変わらないしな」

ボスが存在するのはランクがⅣ以上のダンジョンから。その線引きもあってかⅠ～ⅢとⅣ以上には明確な差があった。

「今思えば、あの時のダンジョンですれ違ったのってボスだったぽいよな？」

ザ・ワールドに逃げ込んだ時に通り過ぎたあと、何かが蹂躙していた。

あれはボスモンスターが徘徊していたのだろう。

ボスの癖にゴールで待たないとかおかしいだろうと思ったりもするが、相手は生物なのだ。そうそうこちらの都合なんて考えてくれない。

下手をするとダンジョンに入って最初に遭遇することもあるらしい。

そう考えるとあの時、ボスが徘徊していてくれて助かった。現時点でなら負けない自信があるのだが、コアもスキルも揃っていないあの時点でザ・ワールドがなければ詰んでいたところだ。

そんなことを考えていると…………。

『マスター！　あぶないっ！』

イブの忠告で咄嗟に顔を逸らすと――

――ドゴッ――

後ろの木に穴があいた。

「なんだ今の？」

『わかりません！』

何かが動いているのか、周囲で風切り音がする。

「目で追いきれないぞっ！」

このままでは埒が明かない。正体不明の襲撃者に僕は即座に判断を下す。

「イブ。スピードのコアを使用する」

『かしこまりました。マスター』

一瞬で世界がスローモーションになっていく。イブが僕の指示通りにスピードのコアを使ったに違いない。

視界の端にキラキラ光る何かが移る。そして――

「見えたっ！」

透明な何かが飛行して僕へと突撃してきた。僕は何とかかわすのだが、攻撃を仕かけようと思った時にはこちらの攻撃範囲外でとらえられない。

「こうなったら……」

僕は周囲を警戒すると。

「イブ！　いまから入り口を開くっ！」

『はい。マスター』

説明をしている余裕はない。だが、イブは僕の考えを読み取ってくれた。

「今だっ！」

ザ・ワールドの入り口を開き、横っ飛びに避けると。

『マスター！　入りましたっ！』

「よしっ！　中で追い立てて檻に閉じ込めろっ！」

そう言って逃げ道である入り口を消す。

フィールドならば自由自在に動けるのかもしれないが、ザ・ワールドの中はイブのテリトリーだ。

徐々に壁を狭めていき逃げ場を塞いでやればこちらのもの。

『確保しましたっ！』

程なくイブからの報告が上がってきた。

「よし。僕も見にいくぞ」

先程見えた襲撃者の正体とある童話の話を思い出すと僕は部屋の中へと入っていった。

「それで、そいつはどこに追い込んだ？」

ザ・ワールドに戻ると僕は警戒しながらイブに問いかけた。

『ちょうど【畑】に入り込んだので入り口を塞いで檻に閉じ込めました』

その言葉を聞いて【畑】へと向かう。

「これが襲撃者の正体か」

そこには檻に捕らわれた1羽の鳥がいた。

鶏ほどの大きさで水晶のような羽根が美しく身体を地面に伏せた状態でこちらを見ている。

『綺麗な鳥さんですね。なんなんでしょうかこの生物は?』

イブが溜め息を漏らして目の前の鳥を見ている。

「こいつは童話に出てくる幸運の象徴、クリスタルバードだな」

目にもとまらぬ速度で動き回り、キラキラ光るその羽根は高純度の魔力を内包し、その羽根をもつ人間に幸運をもたらすと言われている。

この世界のどんな生物よりも素早いらしく、今まで捕まえた人間は存在しない。

童話では親の病気を治すためにクリスタルバードの卵を探しに出かけた子供たちが、クリスタルバードに卵をわけてもらいそれを食べさせることで病気が治ったとされている。

『へぇー。そんな鳥さんなんですか』

童話を話してやるとイブが感心した様子を見せる。

「それにしても、こんな無人島にいるなんてな」

こいつは無人島でずっと生活してきたのだろう。人間を見たことがないのか、先程の襲撃などなかったかのようにクチバシで羽根を繕っている。

『他の生徒と遭遇してたら顔に穴があいてましたね』

確かにそうだ。もし最初に会ったのが僕でなければ今頃死人が出ているところ。

そう考えると捕まえられて良かったのかもしれないな……。

「とにかく今日はここまでかな」

スピード2倍の世界で神経が擦り減っている。

急ぎでダンジョンを2つも回ったのだから成果としては十分だろう。

僕はクリーンの魔法で自分の身体を綺麗にする。

「クエエェ?」

クリスタルバードが何やら不思議な鳴き声をさせた。

「こいつも結構汚れてるな」

木に突っ込んだりしていたからな。

僕はついでにクリスタルバードにもクリーンをかけてやる。

「クエェェーン」

気持ちよさそうな声で鳴く。

「汚れがない方が綺麗だな」

すっかり綺麗になったクリスタルバードが眠たそうに首を丸めるのを見ながら、僕も自分のベッドへと入っていくのだった。

『マスター。起きてくださいよ』

「ん……? 朝か?」

爽やかな空気が流れて頬を撫でる。昨日手に入れた風のコアのおかげで空気の循環ができるようになったようだ。

清浄化（せいじょうか）された空気を吸い込むと脳がスッキリする。僕は大きく欠伸（あくび）をすると背を伸ばして立ち上がった。

『昨日の鳥さんが何やら変なんですよ』

その言葉を聞いて僕はクリスタルバードの元へと向かった。

「よお、おはよう」

相変わらずの態度で檻の中に入っているのだが…………。

「これ、卵だな？」

クリスタルバードの足元には宝石のような青くキラキラした卵が落ちていた。

『なんか、さっきからこの卵を押し出そうとしてるんです』

そう言っている間にもクリスタルバードはクチバシで卵を押し出そうとするのだが、土が入らないように傾斜（けいしゃ）が仕かけてあるのでコロリと戻ってしまう。

僕が檻の中に手を伸ばすと後ろに退いていく。クリスタルバードが見るなか卵を手に取ってみると、

「もしかしてくれるのか？」

僕の言葉を理解したのか「クエッ」と首を縦に振る。

『綺麗ですねー。価値ありそうです』

イブの言う通りだ。確かに高額で買う人間はいそうだが…………。

「童話の伝説を信じるなら危険な行動だな」

病気が治るという話が本当なら狙ってくるやつもいるだろう。なのでまずは……。

「今からこれを食うけど良いか？」

僕の問いかけにクリスタルバードは「クエエ」と叫んだ。多分良いという意味だろう。

イブに鍋を作らせると水を張り煮立たせる。

そこに卵を入れて茹でること10分。卵を引き上げて冷水で冷やせばゆでたまごの完成だ。

『なんだか産んだ本人の前で食べるのって可哀想な気がしますね』

そんなイブの感想をよそに殻を剥いていく。そして…………。

「美味すぎるっ！」

一口食べると自然と言葉が出てきてしまった。

濃厚な黄身と淡い上品な白身。噛みしめると口の中でほろほろと溶けてじわりとうま味がひろがるのだ。

こんな美味しいゆでたまご今まで食べたことがない。

僕の最高の評価にクリスタルバードは「クエックエッ」と自慢げに踏ん反りかえる。

僕がその仕草を見て頭でも撫でてやろうかと思っていると…………。

『マ、マスターっ！』

「どうした？」

柄にもなくイブが慌てた声を出す。

『今急激にマスターの能力が上がりましたっ！』

「なんだと？」

イブは僕の力量を把握できるらしく、実力を見た上でモンスターに挑めるかを判断している。

そのイブが言い出したのだから本当に急激に伸びたのだろう。

「ちょっと待ってて。伸びるかどうか確認してくれ」

そう言うと、残りのゆでたまごを食べ終える。

『あっ、また増えましたっ！』

やはりそうか。童話で聞いて何かあるかもと思ったが、恐らくクリスタルバードの卵にはレベルをアップさせる効果があるに違いない。

「これは売り物以前の問題だ。市場に出せないな……」

そして少し考えた末に。

「お前、まだ人間を襲うつもりはあるか？」

賢い鳥なので僕の言っている言葉を理解しているだろう。

クリスタルバードは首を左右にふる。

「よしイブ。こいつ逃がしてやってくれ」

先日襲撃された件については卵を上納してきたことでケジメがついている。

罪滅ぼしがすんだのなら拘束しておくのはフェアではない。

仕事で縛られることの辛さは前世で散々体験しているからな。

イブに命じて檻から出してやったのだが、クリスタルバードは動かない。

「どうした？　もう出てっても良いんだぞ？」

クリスタルバードは歩いてくると……。

「随分となつっこい奴だな？」

スリスリと足に顔をこすりつけてきた。

『きっとこの子もマスターのこと好きになったんですよ』

「そうなのか？」

僕の問いかけに顔をこすりつけるのを止めると頷いた。

僕はクリスタルバードの身体を撫でてやる。透明な水晶かと思われた羽根だが、柔らかく暖かい。

極上の撫で心地だ。

「じゃあ、お前が気がすむまでここにいてもいいよ」

僕の言葉に「クエエッ」と嬉しそうに鳴いた。

『じゃあ、その子にも名前つけてあげないといけないですね』

そんなイブの提案に。

「クリスとかバードとかどうだ？」

『マスターちょっと安易すぎますよ？』

種族名から一部を取ったのだがどうやらお気に召さないらしい。

クリスタルバードも首を左右に振って拒絶する。

「じゃあ……カイザーとか？」

「クエエックエックエッ！」

突然バタついて主張を始めるクリスタルバードに。

『流石マスター、素敵な名前だと思います』

実は元の世界の水の名前を少し変えただけなんだけど、当人たちが気に入ったのなら黙っておこう。

「ク――――エッ！」

嬉しそうに鳴くカイザーを見ていると………。

『マ、マスター【畑】が大変なことに』

本日何度目になるのかイブの慌てた声が聞こえると【畑】に目を向ける。

カイザーが暴れたことで卵の殻が吹き飛ばされて【畑】に入り込んでいるのだ。

僕はイブが何を慌ててるのかわからず眉を顰めるのだが………。

『【畑】がカイザーの卵の殻を吸収して恩恵にランクアップしました。派生スキル【牧場】が発現しました』

「なん………だ………と？」

『なんなんですか……これ？』

目の前には大きく広がった畑がみえる。その奥には牧草が茂った牧場も……。

先程、イブが『【畑】が恩恵になり【牧場】のスキルが発現しました』と言ったあと、空間に変化が起きた。

目の前で壁が奥へと移動していき、地面には畑が延長されて広がった。そしてその先に牧草が生い茂る平原ができ上がっていたのだ。

どのぐらい広いのかというと、一般的な学校の体育館が2つは入りそうだ。

僕は目の前の光景を事実と認めると思考へと戻る。

基本的に恩恵からスキルが派生することはあっても、スキルからスキルが派生することはありえない。スキルとはあくまで恩恵というツリーの下に派生する特技の1つだからだ。

そう考えるとイブの言葉は本当なのだろう。

現に【畑】が恩恵にランクアップしたおかげなのか【牧場】ができている。

恩恵というのは脆弱な人間という種族に同情した神様が15歳を超えると与えてくれる能力だと聞く。

仮説として1つ。エリクと僕で得られる恩恵が違ったパターン。

恩恵が魂とリンクするとして、僕の中には前世の自分とエリクとしての記憶が残っている。

実は1つの身体に魂が2つあり、それぞれが別の恩恵に繋がっているということではないだろうか？

「いや……」

それはないか……。

もしそうならばエリク側としての意識がもう少し反発してもよさそうだ。

僕は38年間腐った人生を送ってきた自信がある。そんなやつの魂が入り込んできて我が物顔で身体を支配しているのだ。争いになるに決まっている。

だけど、僕はエリクであり前世の自分でもある。そう認識できている。互いの記憶が共有された状態で父もレックスもミランダも。僕にとっては大切な存在だ。

そう感じるのは意識が溶け合っている証拠ではなかろうか？

それに、念願かなって転生できた異世界なのだ。そんな原因よりも受け入れやすい理由を考えた方が良いに決まっている。

『マスター。どうしましょうか？』

珍しく戸惑いの声をあげるイブ。何やら不安でもあるのかおどおどしている。

だからこそ僕は気にすること無く答えた。

「まあ、別に良いんじゃないか？」

大事なのは「どうしてこうなったか？」ではない「こうなったからどうするか？」だ。

異世界に転生して外れ恩恵と言われながら工夫をして生き延びて、ようやく楽しくなってきたところなのだ。与えられた物は全て天からの授かりものとして有難く頂戴するべきだろう。

「イブ」

『はい。マスター』

「せっかく【畑】が進化したんだ。植えるものを取りに行くぞ」

僕は今を楽しむことに決めるのだった。

「ふぅ。結構疲れたな」

あれから、僕は1日かけて島を駆け回った。

途中で、キャンプをしている受験生や、モンスターと戦っている受験生もいたりして、わいわい楽しそうにしていた。

若干羨ましくもあったが、今はそれよりも優先すべきことがあったので、僕は気付かれる前にその場から離れたのだ。

『じゃがいもにとうもろこしに、にんじん。トマトにパセリにシイタケにししとう……その他にもいっぱい集めましたね』

その日の成果をイブが読み上げる。こちらの世界でも野菜の種類はそれ程変わっていないようで僕は記憶にある野菜を集めた。

『それにしても都合よくいろんな植物があちらこちらにありましたね』

まるで採ってくれといわんばかりにそこら中に生えていた。

「多分だけど、受験生の為に用意したんだと思うよ」

口ではああいっていたが、試験官たちも別に僕らを殺したいわけではない。あらかじめ食べられる植物を島中に植えておいたのだろう。

「とりあえず早速植えてみよう」

そう言って僕は採ってきた野菜を順番に畑に植えていく。本来なら種がどうとか面倒な手順があるのだが、イブに聞くと「そのままで大丈夫みたいです」と言ったからだ。

「さて、これで毎日水をやり続ければそのうち美味しい野菜を収穫でき………」

そう言っていると、何やら地面が動き始める。僕は思わずそちらを凝視してみると。

まるで植物の生長動画をみるかのように、にょきにょきと生えてきて葉を生い茂らせる。そして頃合いとばかりにつぼみのように実が成る。

『……どうやらできたみたいですね。トマト』

赤々と実った熟れたトマト。瑞々しさをこれでもかと主張していてとても美味しそうに見える。

「……ちょっと、早すぎないか？」

恩恵だから多少生長スピードが早いかもしれないとは思っていた。だが、まさか数分で生長するなんて思わないだろ。

『効果は、あらゆる植物を最短で育てる、ですから』

効果もレベルアップしてるし。

「とりあえず、食べてみよう」

トマトを1つもぎ取ると即座に新しいのが生えてくる。

『省エネらしく、生えた状態で生長もとまるようです。必要な分を収穫したら放置しておけばずっと美味しいまま実っているようですよ』

何とも便利なことだ。土にダメージが行くとか面倒くさいことを考える必要もないとか……。

「……凄い美味い」

とれたて新鮮で瑞々しく味が濃い。それでいて甘みもあるのだが……。

『どうしたんですか。マスター?』

僕の微妙(びみょう)な表情が気になったのか、イブが聞いてきたので。

「いや、レベルが上がったりしないのかなと思ってさ」

恩恵の隠し効果で予想してたのだが……。

『ただのトマトです。野菜を植えてるだけですからそんな凄いこと起こりませんよぉ』

なにやらクスクスと笑っているようだ。今までの例をみるとどうにも何かどんでん返しがありそうな気もしないでもないが……。

「まあ、そういえばそうだな」

少し疑い過ぎていたようだ。植えてすぐに収穫できるだけでも十分農業革命を起こせる。しかも収穫しなければそのままなので無駄(むだ)に収穫しなくても済む。

そう考えるとただの恩恵とはいえないだろう。

「これでいつでも新鮮な野菜が手に入るわけだな」

僕はトマトにかじりつくと「農業で一旗あげるのも悪くないな」と呟(つぶや)くのだった。

3

「クエエェークエェェー」

「よーしよし。ここが気持ちいいのか?」

ベッドに横になりながらカイザーのアゴしたを指で撫でてやると気持ちよさそうな声をあげて甘えてくる。

本日の労働を終え、身体を綺麗にして、教本を読み直していた僕のところにカイザーがとことこと歩いてきてベッドに飛び乗った。

そして、そのまま甘えるように身体をこすり付けてきたので撫でてやっている。

『いいなぁ、私もカイザーに触(さわ)りたいです』

「とは言ってもな……」

カイザーがイブの球体に触る事はできるけど、そういうことではないだろうし……。

イブには申しわけないが、この羽の柔らかさと暖かさはこうして抱(だ)いてみて初めて実感できる満足感なのだし。

『そういえばマスター。１つ聞いてもいいですか？』

「ん。なんだ？」

『私の見立てではマスターは既(すで)にランクⅣのダンジョンをソロで攻略(こうりやく)できると思うんですけど』

カイザーの卵を食べたり、恩恵の力も上がってるからな。今なら４属性の魔法を使うことができるので、可能だろう。

『なのに、何故いまだに試験を受けてるんですか？　学生の身分なんて、今後ダンジョンに行く時間を確保するうえで邪魔(じやま)じゃないですか？』

確かにそう思えなくもない。僕としてもいまさら他の学生と足並みをそろえるつもりはないし、エリート志向の強い連中のようなので仲良くできるかも微妙だ。

「確かにそうなんだけどさ、学校を卒業しないと困ることもある」

『それって、なんですか？』

そう。実力が足りているからといって学校に行かない選択肢(せんたくし)を取ることができない理由。それは…………。

「ダンジョンランクⅣ以上に潜る資格を得るには学校を卒業する必要があるんだよ」

僕が言った事実にイブは黙り込み、腕の中のカイザーが欠伸をしてもたれかかってくるのだった。


「イブ、お願いがあるんだ」

翌日になり、僕は前日から考えていた案を実行するためにイブに話しかけた。

『そんなに畏(かしこ)まらなくても、私がマスターの頼みを断るわけないじゃないですか』

イブから漏れる嬉しい言葉に僕は早速指示を出すことにする。

「じゃあまず、このゴブリンたちが持っていた長剣を全部溶かすから釜(かま)を作ってくれ」

先日から討伐するたびに集めた剣を柄(つか)から外し、金属部分だけを放り込んでいく。そして…………。

『えっと、火力は私がコントロールすればいいですかね？』

「うん。僕でも魔法は撃(う)てるけど、この空間内ならイブの方が適任だ」

イブは僕の許可があればコアから力を吸い出して魔法を使うことができる。

僕だと魔法を撃ってお終(しま)いだが、イブであればその場で最適な熱量を展開して維持(いじ)することもできるだろう。

　この空間内全てを支配できるイブならではの魔法の使い方だ。

『完全に溶けましたけど、どうするんですか？』

「次は、網状になった厚さ10センチぐらいの溝をこのへんに掘ってくれ。そしたら溶けた金属をそこに流し込む」

『はい。マスター』

　釜を持ち上げて、できた溝に元は剣だった金属が流し込まれる。

「あとは、上にたまった余分な金属をハケでならしてくれ」

『はーい。マスター』

　本来なら工房などが必要な工程なのだが、イブは僕の思考を読み取ってきっちりと仕上げてくれる。

「よし、仕上げは僕が魔法を使う【フロスト】」

　そこに向けて冷気を送りこみ金属を急速に冷やしてやる。そして…………。

『これ、なんに使うんですか？』

　最後にイブがその形状の物をにゅっと押し出して地面に置く。

　そこにできたのは網状になっている金属の板だった。僕はそれを見て満足げに頷くとイブに向かって言ってみた。

「これからバーベキューをやろうと思う」

「よっと。……今度は海老か」

僕は釣竿を掲げるとかかった海老を掴む。伊勢海老によく似ているのだが、こちらの世界ではなんと呼ぶのか分からないのでひとまず海老と呼称する。

食べがいがありそうでよだれがでそうになるのだが、とりあえず壺の中へと放り込んだ。

中では他にイカやらホタテ貝やサザエにアワビががぷくぷくと泡を立てている。

これまでの間にゲットした海産物だ。

まず素潜りをして貝類をゲットして、そのあとは身体が乾くまでの間を釣りをして楽しむ。

「あー……和むなぁ」

日向ぼっこをしながら無心で釣りをする。前世の頃に一度会社の人間に誘われて行ったのだが、海がそれほど綺麗ではなく、天気も悪かったので楽しくなかった。

こうして自分のペースでする釣りは心が落ち着くんだな。

『マスター。釣れてますか？』

そんな風に考えているとイブが話しかけてきた。

「野菜はお願いした通りに切ってくれた？」

『もちろんです。マスターの指示通り寸分たがいなく』

そう言うとトレイに載せた野菜盛り合わせが出てくる。ちなみにこのトレイは剣を溶かして余った金属で作っている。イブが地面をへこませてくれるので型を作る必要が無く流し込むだけで簡単に形状が再現できるのだ。

これは地味に凄い能力で、量産の剣を作ろうと思えばイブにお願いすれば剣の型を地面に作ってもらい流し込むだけで完成させることも可能だ。

もっとも、レア金属などは高温が要求されるため、今の設備ではやりたくない。

今回のバーベキュー用の網を作るだけでも部屋の温度が急上昇して汗を掻いたのだ。

いずれはワールド内にも工房なりの設備を用意する必要があるかもしれない。

『マスター。そろそろ火が良い感じです』

そう言って真っ赤に焼けた炭を送ってくる。

僕はそれを作った網の下に並べて行くと……。

「よし。早速はじめるか」

ウキウキしながら野菜と海産物を網に載せていくのだった。


――ジュージュー――


ホタテ貝がパカッと開き、真ん中で切った海老やイカからにじみ出る汁が炭に落ちると白煙が立ち上がる。

本来なら煙たいところだが、食材が焼ける香ばしさと場の雰囲気もあって気にならない。

「さて、そろそろ食べてみるか」

トング（イブが作った）を使って皿（イブが作った）へと載せる。

箸を使ってイカを持ち上げると「ふーふー」と息を吹きかけて冷ましてからかぶりつく。

「美味いっ！」

お酒がほしくなるところなのだが……。

この世界の成人は18歳だ。祝い事の際の飲酒は認められているが、それ以外では保護者がいなければ飲酒は許可されていない。

そんなわけもあって、お酒を購入することができないのが残念だ。

【畑】から収穫したししとうや、とうもろこしも頃合いだ。

そもそも、僕がバーベキューを計画したのはこの野菜があったから。

単純なトマトだけでも凄く美味しいのだ。もし、これを使ってバーベキューをやったらどんな味になるのか気になったのだ。

「他のも食べてみよう」

「とうもろこしは粒が大きくて甘い。ししとうも仄かな苦みが癖になるな」

結果は上々。これまで食べたことのない極上の野菜を堪能できた。

【畑】で作られた野菜は最上の味まで引き上げられるという予測は当たっているようだ。

ただ、惜しいのはここに醤油やみりんがないことだ。調味料があればこの味は格段に引きあがったに違いない。僕はいずれ調味料も作らなければと決意をすると自分の作業スケジュールにそれを追加する。

『ううう。私も食べたいです……』

恨みがましいイブの声。だが、願ったところでどうしようもない。口が開くのなら食べさせてあげたいが、球体のイブにはそんな機能は備わっていないのだ。

こんな美味しい物を食べられないイブに僕が若干同情をしていると…………。

『マスター。カイザーがそっちに行きたいそうです』

「いいよ」

許可を出すとザ・ワールドの入り口を開く。

そうすると、カイザーが飛んできて僕の膝の上に乗った。

「よーしよし。食べさせてやるからな」

「クエックエッ！」

嬉しそうに海老の半身を一口で食べるカイザー。こいつは雑食らしくモンスターでも野菜でもなんでも食べる。

「美味いか？」

「クエークエー」

なので、これまでは焼いていたモンスターをそのままカイザーの元に送ると魔核を残して食べてくれるのだ。

僕がアゴを撫でると気持ちよさそうな声を上げる。どうやらご機嫌なようだな。

結局イブの恨めしそうな声を聞きながら、僕とカイザーはバーベキューを堪能するのだった。

「ウインドカッター」

目の前で100本近くある木が僕が放った風の魔法で切り倒されていく。

それを次から次へと回収してザ・ワールドに収納していく。

「食後の腹ごなしには丁度良いな」

素早く動き回ることで適度な運動になっている。

「イブ。周囲に生物の反応はどう？」

『大丈夫ですマスター。周囲500メートルに敵は見当たりません』

イブにモンスターか人間がいたら知らせるように言ってある。

魔法で他の受験生を倒してしまっては洒落(しゃれ)にならないからだ。

『それにしても、こんなに木を集めてどうするんですか？』

集めた木は枝を落として丸太にしたうえで【牧場】に置いている。

現時点で家畜(かちく)が用意できていないので、スペースを有効活用してやろうと思ったのだ。

「そりゃ、何かに使えるかと思ってだよ」

『何かって……使い道決めてないんですか？』

イブがやや呆れた声をさせる。

僕は移動しつつ次のウインドカッターで木を切り倒すと返事をする。

「王都に戻ってから木材が必要になった場合、取りに行くのが面倒だからさ」

木材は家を建てるのにも薪としても使える。つまり売ろうと思えばお金にも換えられるのだ。

現在、素寒貧の僕としては、様々なコアを購入できる資金がほしい。

そうなると、自分でも消費できる上、売買可能な資源を誰にも邪魔されないここで溜め込むのは当然の判断だ。

僕はイブが納得するのを確認すると、しばらくの間伐採をし続ける。

途中でモンスターに遭遇することもあったのだが、それに関してはカイザーが倒したそばからザ・ワールド内の自分の巣へと持っていく。

あるいはイブが魔法を使って撃退して見せる。

イブの魔法についてなんだが、僕が許可している限りは彼女もコアから力を吸い出すことができるのだ。

雑魚モンスターに手を止められるより資源を集めたい僕は、イブに命じてカイザーと協力して寄ってくるモンスターを倒させていた。

『マスター。そろそろ屋敷が10は建ちそうなぐらいの木材が集まってますけど』

移動しつつ伐採をするのに夢中になっていたところ、イブから声がかかった。

「途中から楽しくなりすぎて目的見失ってたかも」

一応環境に気を遣うつもりはあったので、伐採をしては移動を繰り返したので影響は少ないだろう。

面白いように資材が集まって行くことに充足感を得てしまい、少しばかり集めすぎたかもしれないが、稼げるうちに稼ぐのは前世で学んだ経験でもある。

『あと、カイザーが卵を2つ産んでますよ』

「やっぱり、食べた分だけ産むのか？」

普通の鳥は1日もしくは数日に1個の卵を産むのだが、カイザーに好きなだけ食べさせていたところ、1日で2個の卵を産み落とした。

それで思ったのが、もしかして食べたモンスターや食材の栄養や経験値を凝縮したのが卵なのではないかと考えたのだ。

ここに来るまでに結構な数のモンスターを倒している。そしてカイザーはそれらすべてを魔核を残して食べているのだ。

「わかった。卵は後で食べるから茹でておいてくれ」

恐らくモンスターの経験値がずっしり詰め込まれた卵を食べるために僕はイブに連絡すると……。

『マスター。500メートル先、森を抜けたところで反応があります』

「モンスターか？」

僕の問いかけにイブは一瞬返事を遅らせると。

『人間が20人、モンスターが15匹。これまでのモンスターに比べて随分と強いようです』

その言葉を聞いて僕は走り出した。

「なるほど、これはやばいのかもな……」

数百メートル先では受験生たちがモンスターと戦っている。

確か、有名な工房の特注品の武器や防具を見せびらかしていた連中だ。

数の上では有利なのか、陣形を組んで対抗しているようだが、その及び腰が伝わってしまっている。

狼に似たモンスターが速度で翻弄していると次第に陣形にほころびが目立ち始めた。

『Dランクモンスターのダイアウルフです。単体ではDランクですが、集団で遭遇したならCランク。同レベルの冒険者か探索者がパーティー単位で戦う相手ですね』

イブが淡々と情報を寄越してくる。

なるほど、戦闘経験が少ない駆け出しでは絶対に勝てない相手というわけか。

「きゃあああああああああああああ」

その時悲鳴が聞こえる。

先程から厳重に守りを固めていた一角に穴が空き、そこにいた数名の女子生徒の前にダイアウルフが立ち塞がったのだ。

「仕方ないな。イブ！　スピード・パワーを頼む！」

僕の簡素な命令に。

『えっ。助けるんですか？　どうしてです？』

本来ならば助ける必要はないのかもしれない。最初に僕をパーティーに誘わなかった連中でもある。特に義理はないのだ。

だが、僕はレックスやミランダに助けてもらった。本当に辛いときに助けてくれる存在がどれだけ有難いか僕は知っている。だからこそ…………。

「人を助けるのに理由は必要ない‼」

僕は地を蹴るとその集団へと突っ込んでいった。

＊

俺の名はロベルト。今年16歳になる侯爵家の三男だ。

本年の王立総合アカデミーを王女が受験するということで護衛を命じられていた。

無人島のサバイバルと聞かされた時はこんな不便な場所でまともな生活ができるのかと思ったが、王女はできた人で不平不満1つ言わなかった。

俺は周囲の受験生たちに王女の素性を隠しつつ説得すると、20人の簡易クランを結成した。

初日は大雨で食糧の補給もままならず、テントがギリギリ1つ間に合っただけ。

王女を除く他の受験生は寒さに耐え忍ぶことになった。

翌日からクランを束ねて役割分担をすることで少しずつこの島での生活基盤を整えていった。

無人島とはいえ食物は豊富で、果物や野菜など探せば見つかった。

小川に入って魚を獲るのにも、受験生の中に【漁師】の恩恵を持つ者がいたおかげで食べきれない量の魚が手に入った。

燻製技術などを使い、食糧を備蓄していき、ようやくこの島での活動が安定してきたと思った頃、そいつらはやってきた。

現れたのはDランクモンスターのダイアウルフ。

本来ならばDランクの探索者か冒険者が数人掛かりで倒すべき敵なのだ。

それが一度にたくさん。正直絶望したので10を超すと数えられなくなってしまった。

それでも俺は諦めなかった、他の受験生を怒鳴りつけ陣形を組むように命じ、自分は実家から与えられた魔法剣を振るって応戦した。

だが、こちらはあきらかに経験が不足している。ダイアウルフたちは無理をすることなく連携を駆使して攻めてくるのだ。

対してこちらは連携の訓練などしていないうえ、戦闘に適した恩恵がある人間も数人。このままでは近い内に陣形を崩されて全滅する。

そんな焦りを浮かべていると……。

「きゃあああああああああああ」

背後を振り返ると王女様と二人の付き人のところに1匹のダイアウルフが到達していた。

「しまったっ！」

最悪、我が身を犠牲にしてでも王女様だけは逃がすつもりだった。だが、隙を作ろうにもダイアウルフたちは狡猾。

「くそっ！　間に合えっ！」

俺は自分の背中が隙だらけになるのにも構わず走り出す。だが、ダイアウルフの方が距離が近い。

俺は次の瞬間王女様が引き裂かれるのを覚悟して目を見開いたのだが…………。

「させないよっ！」

『ギュアアアアアア』

今まさに襲いかからんとしていたダイアウルフが何者かの蹴りを受けて吹き飛んでいく。

「手助けは必要ですか？」

乱入してきたのは1人の男だった。

この場の雰囲気に何ともそぐわない、確か試験の初日にあまりにもみすぼらしい格好をしていたので、クランに誘うには実力が足りないと見切りした相手。

そいつが、まるで散歩でもしているかのような気楽さで聞いてきたのだ。

突然現れた男の存在感なのか、ダイアウルフたちは動きをピタリと止めている。

今ならば突破口を開くことができるかもしれない。

「頼む。助けてくれっ！　試験官たちがこの事態に気付くまでで良い。時間を稼ぐのに協力してくれ」

流石の試験官たちもこの事態を見張っていないはずがない、何らかの原因で救援が遅れているのだろう。いずれにせよ目の前の男の力を借りることができれば時間を稼ぐのは不可能ではなさそうだった。

ところが、男は俺の要請に頬を掻くと言った。

「時間を稼ぐ。ね……」

何やら右手で口元を隠しながら難しい顔をする。ひょっとすると今からでも俺たちを見捨てて逃げた方が良いと判断したのだろうか？

単独で包囲網を突破してきたのだ、この男にならそれが可能かもしれない。

俺はもっとも恐れる言葉が目の前の男の口から漏れるのではないかと恐怖したのだが………。

「別に倒してしまっても構わないんですよね？」

「は？」

男はあり得ない確認をしてきたのだった。

*

目の前の高価な剣と鎧を身に着けた男に確認をする。

正直なところモンスターの数が多いので手加減する余裕がないのだ。

統率が良かったのか、辛うじて死人は出ていない。

力を加減したことで誰かが死ぬのは後味が悪すぎる。

だからこそ、全部倒した方が早かった。

男はあっけにとられると「ああ」と答えた。

「よしっ！　それじゃあ殲滅しますね」

蹴り飛ばしたダイアウルフは近くの岩に激突して命を散らしている。

残る14匹もターゲットを僕へと変えると一斉に群がってくる。

「イブ。長剣を出してくれ」

素手でも何とかできそうだけど、リーチの差があればもっと楽に戦える。

僕は右手に剣が届くのを意識したのだが……。

『ありませんよ。だって全部バーベキュー用の鉄板に消えたじゃないですか？』

「えっ。そうだっけ？」

こいつはうっかりだ。そう言えば長剣を全部溶かすように指示した記憶がある。

「きゃあああああああああ」

背後でまた叫び声がする。可愛い女の子が3人お互いを抱きしめて悲鳴をあげている。

まあ、一斉にモンスターが寄ってきたら恐怖だろうね。

「仕方ないな」

『どうするんですか。素手でやるなら援護します？』

念のための提案なのか、援護を申し出てくるイブに。

「丸太を出せ」

僕は命じた。

「よしっ！　ホームラン！」

こちらが動かない事を隙とみたのか、数匹のダイアウルフが飛びかかってきた。

僕は丸太を持ち上げるとそれをフルスイングした。

「やー、よく飛ぶなー」

カイザーの卵やパワーのコアによる筋力増加は並みじゃない。あれだけ飛ばされれば間違いなく即死（そくし）だろう。

丸太は誂えたかのように僕の腕にすっぽり収まるとその真価を発揮した。

「さあ、次はどいつがホームランされたい？」

僕が周囲を見渡すとダイアウルフたちは後ずさる。

その姿は大型犬と対峙（たいじ）したチワワのように怯えを含んでいるようだ。

「来ないならこっちから行くよ」

放っておくと逃げられるかもしれない。

この無人島には現在、多くの受験生たちが滞在しているのだ。

ここで討ち漏らしてしまって、試験が終了した際に「犠牲者（ぎせいしゃ）が出た」と聞くと寝ざめが悪い。

ダイアウルフたちには悪いが、僕と遭遇してしまった不幸を噛みしめながら散ってもらうとしよう。

「せーのっ！　ひと――っ！」

スピードのコアの効果もあり、受験生はおろかダイアウルフも僕の移動速度についてこられない。

「ほいさっ！　ふた――っ‼」

仲間がやられていくのを見て呆然としているダイアウルフの前に飛び込んで僕は丸太を振るい続ける。

「らすとっ！　み――い――っつ!!!」

その場にいる全てのダイアウルフはあっさりと場外ホームランされていなくなった。

やり過ぎたので回収はカイザーにお願いした。

「さて、片付いたみたいですけど」

僕は丸太をしまうと周囲を見渡す。

ダイアウルフたちが僕に殺到してくれたおかげで、被害が拡大していないようで安心する。

もっとも、ここをベースにしていたのだろうが、テントは壊れているし備蓄していたであろう食糧も地面に散らばっている。

更には怪我人がたくさんでている始末だ。

「そこの人、こちらのベースのリーダーであってますか？」

先程指揮を執っている姿を見たので多分間違いないだろう。

僕が確認するとその人物は……。

「ああ、俺はロベルト＝カベロ。カベロ侯爵家の三男だ。今回の件について重ねて礼を言う」

そういって握手を求めてくる。

「僕はエリクです。平民なので家名はありません」

ロベルトの手を握ると震えが伝わってくる。

無理もない、あれだけの数のモンスターに囲まれて統率をしていたのだ。

「助けてもらっておいてこんなことをいうのは図々しいとわかってるんだが、回復ポーションは余っていないだろうか。今は持ち合わせがないが、受験が終わったら必ず代金は支払う」

その言葉で僕はどうして彼らが治療を始めなかったのかに思い至る。

どうやら回復アイテムが尽きていたようだ。

(イブ、ポーションあるだけ出してくれ)

『畏まりました。マスター』

「わかりました。とりあえず怪我で苦しんでいる人もいます。早急に手当てした方が良いです」

その言葉にロベルトはポーションを受け取ると、動ける人間をかき集めて治療を始めた。

そんな状況を見守っていると視線を感じる。

「ん?」

振り返ってみれば先程悲鳴を上げた少女たちの姿があった。

「そ、そそそ、その。この度は命を救っていただき、ま、誠にありがとうございました」

唇が白く、怯えているのがわかる。真ん中の1人は毅然とした態度を貫いているようだが、両側の女の子は平静を失っている。

「気にしないで下さい。あなたの悲鳴が聞こえたからこの場に駆け付けることができたんです。あの時叫ばなければ誰かが犠牲になっていた可能性が高いですから」

イブの力については今のところ秘密なので、こう言えば説得力を持たせることができるだろう。

相手は物腰と身に着けている装備。先程のロベルトが傅いた事を踏まえると間違いなく大物だ。助けたからと言って無礼を働くわけにもいかない。

お辞儀をすると、真ん中の女の子が表情を和らげるそして――。

「もう一度、お名前をお聞かせいただけないでしょうか？」

「あっ、はい。エリクです」

彼女は口だけを「エリク」と動かすと。

「私の名はアンジェリカです。エリク様に多大なる感謝を」

僕の手を取るとそう言った。

4

「えっ。今なんて言ったんですか？」

あれから、戦闘の処理が終わり落ち着いたところでロベルトが戻っていた。

「俺たちのリーダーをやってほしい。そう言ったんだ」

20人の視線が僕に集中する。その瞳は真剣で、それでいて縋りついているように見えた。

「申しわけないんですけど……僕は団体行動はちょっと……」

ロベルトたちの気持ちはわかる。あれだけの恐怖を植え付けられたんだ、普通に考えるなら心が折れているのだろう。

ここから態勢を立て直そうにも、あらゆる物が足りなさすぎる。

だけどそれは僕には関係ない。先程助けたのはあのまま見殺しにしていたら受験が終わって戻ったあと、レックスやミランダに合わせる顔がないと思ったから。

「そこを何とか頼む。このお礼は後日絶対にすると約束するから」

「そうは言われても……」

僕が断ってもロベルトたちはリタイアしなさそうな雰囲気を漂わせている。

回復ポーションも尽きて、ろくに休むこともできなければ食糧も確保できていないのに……。

このままだと危険そうなのだが、残り2日を何とか耐え抜くつもりのようだ。

別に見殺しにしたいわけではないのだ……。

どうしたものか……。僕が悩んでいるとイブが……。

『マスター』

(なんだ?　こんな時に)

決断しなければならないのに判断する材料が不足しているのだ。

後にしろと思考を飛ばすのだが…………。

『ちょっとご報告したいことが…………』

そう言って僕に新しい情報を寄越す。

その情報を得た僕はどうするか決断をした。

「分かりました。３つの条件を守ってもらえるのならリーダーの件、引き受けます」

　正面から視線を受け止め指を３本立てるとロベルトに突き付けた。

「その、条件というのは？」

　ロベルトは苦い顔をしながら条件を聞いてくる。

「１つ目に、僕は人に指示をだした経験がありません。なのでロベルトさんにサポートをお願いしたいのですが、やってもらえますか？」

「勿論だ。俺で良ければサポートさせてもらう」

「２つ目に、僕の恩恵は詮索しないでほしいです。それはこの試験期間中だけではなく、試験終了後についてもです。可能なら他の人に聞かれてもどんな行動をしたかも含めて黙っておいてください」

「それも了解だ。我がカベロ家に誓おう。そしてこの場にいる全員にも徹底させる」

　まあ、そこまで堅苦しくなくても構わないんだけど、今は色々聞かれると面倒なので黙っていてもらうだけだし。仮に王族とか身分の高い人物と接触できたらバラしても構わないのだ。力というのはただ持つだけでは意味がなく、大きな勢力と協力することで効率的に運用すべきものなのだから。

「それで、３つ目は？」

「３つ目は、まず全員休んでください。戦闘が終わってからも碌に休んでいないでしょう。周囲の警戒は僕がやりますから」

戦闘のせいで全員がボロボロになっている。装備は血や汗、泥などで汚れていて無残な姿だ。今のままでは移動すらままならないだろう。

僕はこの後の行動を考えるとその場を離れようとするのだが……。

「ちょ、ちょっと待ってくれ！」

「なんですか。何か不満でも？」

僕が首を傾げるとロベルトが戸惑いを浮かべる。

「いや……、だって。それだとお前にとって得がない。俺はてっきり足元を見た要求をするものだとばかり思ってたんだ」

「そんなことはしませんよ」

「何故なんだ？　今なら俺たちはお前に逆らうことができないというのに」

警戒心をむき出しにするロベルトに向けて僕はできるかぎり優しく微笑む。そうするとその場の全員が毒気を抜かれたかのような顔をする。

「困ってる時はお互い様です。もし今回のことを恩だと思うのなら、いずれどこかで困っている人がいたら助けてあげてください」

僕がしてもらって嬉しかったことを返しているだけなのだ。

この先ロベルトたちが困っている人を助けて同じようになれば、この世界はもっと優しくなる。

僕はイブと今後のことについてやり取りをしながらその場をあとにした。

「さてと、こんなもんかな」

あれから先程バーベキューをやった浜辺まで移動すると、使っていなかったテントを設置して【畑】から2日分の食糧を収穫する。

伐採をして動き回っている間に果物も発見したので品目は大幅に増えている。

『本当にマスターは優しいですよね』

整えた場を眺めているとイブがそんな感想を言ってきた。

「よく言うよ。あれを聞かなかったら僕は離れていたかもしれないんだぞ。イブこそ何故わざわざ情報を寄越した？」

イブから寄せられた情報というのは、どうもこの周辺にDランクのモンスターがまだいるというもの。もし彼らが遭遇してしまえば全滅は避けられない。

知ってしまったせいで僕は引き受けるしかなくなったのだ。

『うーん。多分なんですけど』

イブは少し考えこむ素振りを見せると言った。

『あのまま離れて、もしも誰か死んだらマスターが気にするじゃないですか。そうなるとマスターの平穏を守るのが私の仕事なのに果たせないなーと思ったので』

「それだけか？」

『他にはですね。マスターこのまま放っておくと他の人間と関わらないんじゃないかなと思ったんです。過去に嫌な思いをしたのは分かります。でも時には手を差し出す必要があると私は思ったんです』

僕の過去の記憶を読み取ったのか、真面目(まじめ)な口調で語られる。

前世であったちょっとした嫌な記憶が邪魔をするのか、僕は他人と関わるつもりがあまりなかった。

助けはするが、それ以上踏み込まれたくないし踏み込みたくない。そんな僕にイブはこのままでは駄目(だめ)だと言ったのだ。

僕の為ならばあえて苦言も呈(てい)してみせる。そんなイブの心情がわかったので。

「ほんと。お前はおせっかいな奴だ」

素直にお礼を言えないのでぶっきらぼうに答えると……。

『私はマスターに仕える管理者ですからね』

僕の気持ちが伝わったのか、イブはそう答えるのだった。

「さあ、準備はできたから移動させるか。いつまでもカイザーに見張りを頼んだら可哀想だからな」

念のためにカイザーに指示してロベルトたちを守るように言っておいた。

カイザーはスピードだけならSランク。その他で総合的に見ればBランク以上の実力がある。

余程の相手が出てこない限り安全を確保できるだろう。

僕はロベルトたちを呼びに行きながら今後のことについて考えるのだった。

目の前ではロベルトたちが食事をしている。

寝床(ねどこ)と食糧を用意した僕は休憩をしているロベルトたちの元に戻ると「安全を確保できそうな場所にテントを用意した」と告げ浜辺へと案内した。

ここならば森から離れていて見晴らしがよいので、モンスターからの不意打ちを受けづらい。

（イブ。カイザーの調子はどうだ？）

Dランクのモンスターが近くにいるとなるとおちおち休んでもいられない。

まずはその排除(はいじょ)ということでカイザーを出した。

カイザーには高ランクモンスターを仕留めたらイブに渡すように言ってある。

『既にカイザーがDランクモンスターを4匹も仕留めてきてくれましたよ』

イブも上機嫌になっている。今は保冷室を作らせてそこに仕留めたモンスターを保管させているのだが、街に戻って剥(は)ぎ取りが済めば魔核を取り出すことができる。

雑魚の魔核では物足りないと言っていたイブなので、舌なめずりするような感じで楽しみにしているようだ。

（それにしても、試験官の説明とは大違いだな）

通常、Dランクモンスターは単体でも同ランクの冒険者か探索者が複数で戦うべき敵だ。

これは単体でのランクであり、5匹を超えるとCランク相当。10匹を超えたらBランク相当の難易度になるのだ。

アカデミーの試験がいかに厳しいとはいえ、不自然すぎる。

こんな状況、普通の受験生では絶対に突破できない。

『おかげで大量の獲物が手に入ってるんですけどね』

そこに関しては僕も利益を得ているから文句はない。

森に潜むモンスターを間引く事で安全を確保しつつ後の資金を稼ぐ。

Dランクモンスターから採れる素材はそこそこの値段で売れるはず。そうなれば色々と買い揃えることができるので、ザ・ワールド内の設備を充実させられるのだ。

（……と、その話は後にしよう）

ロベルトが近づいてきたので僕はイブとの会話を止めた。

「それにしても凄い手並みだな。まさかこの短時間で食糧の調達からテントの設置まで終わらせるとは」

キャンプ地を見渡すとロベルトは感心したような表情を僕に向ける。

「まあ、このぐらいは。引き受けたからにはできる限りはさせて貰うつもりです」

なるべく丁寧に対応しようとしたのだが、ロベルトは眉を顰める。

「エリク、敬語は止めてくれ。リーダーのお前にそんな態度をされると話し辛い」

そうは言うが、そちらさんは貴族の三男。平民が舐めた口を利いて怒らせてしまったら一族郎党皆殺しにあうのではないか？

そんな勘繰りを話してみるのだが……。

「いや、お前は貴族をどんな目で見ているんだ？」

非常識な人を見るような視線を向けられた。

「冗談だよ。ロベルトさんの意見はもっともなので敬語はやめるよ」

「俺のことは呼び捨てで構わない。他の連中もだ」

「わかったよロベルト」

譲らなそうな顔をしていたのでその要求を受け入れる。

「それにしてもエリクが採取してきた果物や野菜なんだが、凄く美味いな。持って帰って家族にも味わわせたいぐらいだ」

『ふっふっふ。そうでしょそうでしょう』

ロベルトの賛辞にイブが機嫌良さそうにする。

「この辺にあったのは取り尽くしたからな。探して見つかったら確保しておくよ」

そこまで気に入ったのなら今後の売り込み先として考えてみるのは良いかもしれない。

街に戻ったら検討してみようかと考えていると。

「なあ、エリク」

ロベルトが真剣な眼差しを向けてくる。そして――。

「これを受け取ってほしい」

渡してきたのは首にさげていた緑色の宝石が嵌められたペンダントだった。

「これを？　どうして？」

「試験終了後にポーションの代金の他に護衛してもらった分も報酬で渡す。だが、それとは別にこれを受け取ってほしいんだ」

「見たところ、結構なモノじゃないのかこれ？」

　太陽の光を浴びて輝く宝石は見ているだけで吸い込まれそうな雰囲気を持っている。

「ああ、俺が15の誕生日に両親から贈られたお守りなんだ。持っている者に幸運をもたらしてくれるそうだ」

「そんなものを受け取るわけにはいかない。こんなのもらわなくても約束は守る。それとも僕が信用できないか？」

　ロベルトが必死になるのは分かる。僕が見放した時点で彼らはこの試験を降りるしかないのだから……。

　だが、そんな僕の言葉にロベルトは答えた。

「勿論信用しているさ。いくらでも吹っかけられる相手を無償（むしょう）で助けるお人好しだからな。俺がこれまで生きてきた中でそんなやつに初めて会った」

　そう言って笑顔を見せる。

「むぅ……。なんだか褒（ほ）められてる気がしないんだけど……」

「褒めてないからな。とにかくそれは俺の気持ちなんだ。だから遠慮（えんりょ）せずに受け取ってくれ」

「……まあ。そういうことなら」

　そこまで言われては断るのも申しわけない。

　僕はしぶしぶとロベルトからペンダントを受け取るのだった。

　受け取ってしばらくすると、全員が食事を終えたのか思い思いに過ごし始めた。

寝る場所は用意したし、安全の確認も請け負っている。

先程までの張り詰めた感じはなく、どこか緩んだ空気を感じる。

『やはりマスターの存在感はでかいのでしょうね』

（そうなのかな？）

何気なくペンダントを弄りながら彼らを見ていると、

『それはそうですよ。Dランクモンスターをまとめて屠ることができる人が『守る』と約束したんですよ。Aランク冒険者がついているようなものですし』

もしそうならそれは良いことなんだろうな。

試験だからといって眉根を寄せて張り詰めた空気で過ごさなければいけないわけではないだろう。

仮にそんな雰囲気で残り2日を過ごせと言われたら気が滅入る。

そんなことを考えていると人が近寄ってきた。

「アンジェリカどうかした？」

真ん中がアンジェリカ、左の子はサーラで右はシーナだったか？　この3人はいつも行動を共にしているようだ。

「エリク様こそそんな隅にいらっしゃらないで、もし宜しければ私たちとお話をしていただけませんか？」

アンジェリカが誘い、後ろの2人がおどおどした態度で顔を赤くする。

どうやら独りで浮いている僕を見かねて誘ってくれているらしい。流石に空気を読んでおくべきだろう。

「それじゃあ、話し相手になってもらえますか？」

　僕は笑顔を向けると3人との会話に興じるのだった。


「エリクは昔からそんなに強かったの？」

「エリク。こっちで一緒に話そうぜ」

「エリク………」

「エリク……」

　いつの間にか周囲には他の受験生たちも集まってきて、僕は質問攻めにあっていた。

『わぁ、マスターが大人気です。こんな光景を見ることができるなんてイブは感激しています』

　僕が皆の勢いに押されて困っているのをイブは面白そうにからかった。

『それにしてもマスター。どうしてそんなに引きつった顔をしてるんです？　そんな顔してたら友だちができません。笑顔ですよ』

　僕も本来ならばそうしたいところだ。だが、想定外の事態が襲いかかって来たのだ。

「エリクこっちでモンスターへの対策について教えてくれよ」

　右から男の受験生が右腕（みぎうで）を引っ張る。

「エリク君。ポーションの材料の植物について教えてよ」

　左から女の受験生が左腕を引っ張る。

それ自体は嫌ではない。こうして構ってもらえるのは嬉しい、だが……。

『マスター顔色悪くありませんか？』

（うん。イブ助けてほしい……）

モンスターがきたなら叩きのめせば良い。食糧が足りなければ用意すればいい。だが………。

『一体何から助けてほしいと？』

困惑するイブに向かって僕は言った。

（もの凄く臭い）

そう、無人島で5日間過ごした上、先の戦闘で汚れていた彼らはとても臭かったのだ。


「さて、どうにか逃れたところで作戦会議だ」

当人たちはとっくに鼻が麻痺してしまっているのだろうが、毎日【クリーン】で身綺麗にしている僕にはその臭いのやばさが耐えられるレベルを超えていた。

血や汗のみならず、ヘドロが付着している受験生なんかもいるし、育ちが良いのだからもう少し身だしなみを何とかしてくれと言葉にしてしまいそうになる。

ダイアウルフたちはもしかすると彼らの臭いに怒りを覚えて襲いかかってきたのではなかろうか？

彼らの臭さにどう対処するべきかイブに意見を聞く。

『水浴びをさせるというのは？』

「ここからの移動は推奨できない」

近くにはDランクやEランクのモンスターがいるのだ。そんな中を小川まで移動して水浴びさせるのはリスクが高い。

「それに、面と向かって臭いというのはちょっとな……」

受験生の半分は女なのだ。ここでそれを指摘すると色々と問題が出てきてしまう。

僕は彼らを観察しながらどうすべきか検討をしていたのだが……。

「エリク。皆と話していたんじゃないのか？」

ロベルトが鎧を脱いで持ち歩いていた。このぐらいの距離ならば臭いは平気なんだけど……。

「ちょっと考えなければならないことがあってね」

「もしかして、今夜の見張りについてか？」

僕の深刻な顔を見てかロベルトが勘違いをする。そんなのはカイザーとイブにお願いすれば問題ない。モンスターが入ってこようものならあの2人が排除した後で保冷室に収容するだけなのだ。

「そっちこそ、鎧を脱いでどうしたんだ？」

「ああ。さっきの戦闘で汚れたからな。洗いに行きたいと思って」

湧き水が出る場所なら近くにあったのを覚えている。僕はそこに案内しようと思ったのだが……。

「ロベルトそれだっ！」

良いアイデアが浮かんだ。

「あー。皆ちょっと注目してくれるか？」

ロベルトの呼びかけに皆の意識がこちらへと向く。

「どうしたのですか。ロベルト？」

アンジェリカが不思議そうな表情を浮かべる。

「皆。装備が随分と汚れていると思うんだがどうだ？」

ロベルトの問いかけに、それぞれが着ているものを見る。そして一様に顔をしかめた。

「実はエリクが皆の装備を綺麗にすることができるそうだ。汚れが気になる者は申し出てほしい」

その言葉に全員がざわつく。僕はロベルトに変わり前にでると、

「取り敢えずロベルトの装備を綺麗にして見せるから。それを見てから決めてくれても構わない」

打ち合わせ通りに僕はロベルトへと向き直ると手をかざして魔法を唱えた。

「クリーン」

「な、なんだこれっ！」

ロベルトの全身から蒸気が立ち上り、本人の頬が健康色のように赤くなった。

「くっ、力が抜ける……」

今まで経験したことがない感覚にロベルトがくずおれると……。

「ロベルト！　どうしたのですか？」

アンジェリカが駆け寄る、そして……。

「これは……凄い。装備どころか身体中の汚れまでなくなっている。しかも凄く気持ちよかった……」

ロベルトの言う通り、肌はケアしたかのように艶々で、荒れた髪もしっとりと艶を放っている。まさに見違えたという言葉がぴったりだろう。

「エリク、これはちょっと凄すぎるぞ。この恩恵だけでもカベロ家に仕えてほしいぐらいだ」

専属で色々な物を綺麗にする仕事。悪くはないけど、退屈過ぎるからお断りすることにしよう。

「本当に。鎧が新品みたいですね」

まじまじとロベルトの鎧をみるアンジェリカは。

「エリク様。次は私にクリーンをかけて頂けないでしょうか？」

「わかった。そこに立ってくれる？」

僕はアンジェリカに向けて手をかざしてロベルトと同じようにクリーンをかけて見せる。

「んぁ……こ、これは……た、耐えられません」

アンジェリカは手で顔を隠すと皆に見えない様に顔を背ける。その目元が潤んでおり、流石にドキっとする。

魔法が終わると。

「ハァハァ……想像以上の凄さでした。これは一度体験したら虜になってしまいそうです」

予想以上の高評価だった。

アンジェリカを皮切りに他の受験生たちも僕のクリーンを受け入れる。

そして全員に魔法をかけ終えると、僕の問題は解決した。

『装備を綺麗にすると言っておいて身体ごとですか。マスターは頭が回りますね』

おかげで体臭（たいしゅう）を指摘することなく全員を綺麗にすることができた。


『マスターお疲れさまでした』

夜になると、僕はザ・ワールドの中へと戻った。

「慣れないことをしたから流石に疲れたよ」

周囲の警戒は引き続きイブに任せている。

ロベルトたちにテントに誘われたのだが、流石にそこまでは付き合えない。

「それにしても、結構広くなったね？」

ワールド内は朝の段階よりも格段に広くなっている。カイザーにダイアウルフを食べさせて得た魔核を使ったからだ。

『本当にモンスターさまさまです。美味しいのでもっと一杯来ませんかね？』

イブにかかればDランクモンスターも御飯（ごはん）のような存在らしい。本来は危険な相手なんだけど。

「クエー」

「おっと、カイザーもお疲れ。良く働いたな」

飛び込んできたカイザーを抱きしめて撫でてやる。そして1日の疲れをとるためクリーンをかけてやった。

「クエックエッ」

機嫌が良いようだ。しばらくの間構ってやっていると満足したのか畑のスペースに用意した自分の巣へと戻っていった。今夜はもう寝るらしい。

「イブ。保冷室が見たい」

『はい。あちらですよ』

案内されるままに向かう。

『仕留めたモンスターは血抜きをしたうえでこちらに保存してあります』

ドア一枚を挟むと急激に温度が下がる。

ここはルーム内に用意した倉庫で、モンスターの死体が傷まないように温度を下げているのだ。

「へぇ。結構な数を仕留めたんだな」

余程この辺にはモンスターが溢れてたのか、今まで無人島で過ごしてきた中でも最大の成果だ。

『解体もできなくはないですけど、マスターの知識を参照したところあやふやな部分がありますからね』

イブは僕の知識を閲覧することができる。なので、エリクとして小動物を捌いた経験は持っているのだが、高ランクのモンスターを解体するのは難しいらしい。

「まあ、街に戻ってから依頼をかけてみるよ」

世の中には解体専門の職業が存在する。

冷蔵保存しているので慌てて処理する必要もない。こういうのは専門家に依頼した方が効率的だ。

僕は段々寒くなってきたので確認を終えるとその場をあとにするのだった。

「さて、そろそろ寝ようかな」

すっかりやることもなくなったしちょっと早いけど休みを取ろう。

着替えを終えて布団に横たわる前に身に着けていた物をテーブルへと並べていたのだが……。

『マ、マスターそれっ！　なんなんですか？』

「ん。それってどれ？」

『そのペンダントですよっ！』

ロベルトから貰ったペンダントにイブは興味を示した。

「ああ、それ？　さっきロベルトから貰ったんだよ。お守りだとかなんだとか」

幸運が身に付くラッキーグッズだったかな？

そんなオカルトじみた話がイブに通用するのか考えていると……。

『それっ！　コアですよ！』

「なんだって？」

僕はペンダントを見つめた。

『マスター見せてください』

イブが急かすので、僕はペンダントを改めて手に持つ。確かに何か凄みを感じるようだが……。

「ダンジョンコアってこんな小さいか？」

大きくなるほどにランクが高くなる傾向だと思ったのだが、これでは特殊のコアの中の石と変わらぬ程度だ。

『基本的にそうなんですけど、このコアは密度が濃い感じがします』

イブの申告に僕は期待を膨らませる。もしかすると凄いコアだったりするのだろうか？

僕はイブに促されるように台座にペンダントを載せるとイブの鑑定を待つ。

『やっぱりコアでしたね。現在保有するコアの中でもっとも強い力を備えてますよ』

そう言うと黙り込む。どうやら本格的に調べ始めたらしい。

『マスターわかりました』

随分時間が経つとイブはようやく口を開いた。

「それで、今度はどんなコアだった？」

鑑定結果をはやる気持ちで確認すると。

『はい。このコアの恩恵は【幻惑（げんわく）】です』

「……幻惑？」

いまいちピンとこない名前に僕は困惑した。

「それはどういう恩恵なんだ？」

イブの説明からいまいち使い方が解らなかったので質問をする。

『言葉の通りです。対象に幻（まぼろし）を見せて惑（まど）わす力ですね。使用許可をもらえますか？』

どのような力か知っておいた方が良い。

「ああ、使ってくれ」

僕が許可をすると、目の前の光景がガラリと変わった。

「へぇ……懐かしいな」

そこは元の世界の街並みだった。道路を自動車が走り、スーツ姿のサラリーマンやＯＬ、学生たちが行き交うスクランブル交差点。この世界では見ることができない光景に間違いない。

『マスターの記憶を元に再現してみました』

目の前に停車している自動車に触れてみるが手応えがない。幻なのだから当然か。

イブは目の前の光景を次から次に変えていく。

見たことがある街並みに屋内施設、はたまた行ったこともないような自然界でオーロラが浮かんでいたり。

『ある程度は記憶と知識から造って見せています』

どうりで……。テレビなどで見たことはあるが、オーロラなんて生で見たことがないからな。

やがてスライドショーは終了したのか、元の部屋へと戻った。

「なるほど、これは強力だな。対象に幻惑を見せられるとなると色々応用が思いつく」

イブが使っているのを見てやり方を理解したので、目の前にスクリーンを映し出してみる。映画館をイメージすると周囲を暗くして、やがてスクリーンに映画が映し出される。

昔好きだった映画だ。

「僕の記憶から引っ張れるということは今まで見た映画なんかは全部再現できるんだな」

今は覚えているシーンを映しているが、イブならばもっと深い記憶をサルベージすることも可能だろう。

『そうですね。ベースがマスターの記憶なのでバリエーションは少ないですけど可能ですね』

仕事ばっかりしていたので、娯楽のストックはそれ程多くないらしい。

それでも、この世界のものではない娯楽をもう一度体験できるのなら贅沢は言うまい。

落ち着いたらこの恩恵で楽しむことを決定すると…………。

『あっ、もしかすると……』

イブが何かを思いついたようだった。


「なあイブ。寝ていいか？」

『も、もう少しだけ待ってください。あと少しで調整が終わりますので』

あれから1時間、イブが思いついたことがあるというので僕はそれに付き合っていた。

ちなみに、外の見張りをイブにお願いしていたのだが『集中する必要がありますので』ということでカイザーに変わってもらっていた。

半分寝ていたカイザーだったが、僕の服に顔をこすり付けて瞼を開くと文句を言わずに外へと出て行った。

本当に物分かりが良くて可愛いやつだ。

そんなわけで、イブの思いつきを待っていたのだが何もすることがなく待たされていると急激な眠気が押し寄せてくる。

いよいよ欠伸を堪えきれなくなり横になって目を瞑っていると、ようやくイブが歓声を上げた。

『やった！　できましたよマスター。完成ですっ！』

「おおーそうかーそれは良かったなー」

僕はイブに適当に返事をすると夢心地に浸る、眠気に任せて幸せな夢へと誘われようとしていたのだが………。

「マスター。起きてくださいよぉ」

ゆさゆさと揺らされる。硬い何かが背中に触れる。イブが話しかけて僕の睡眠を妨害してくる。

「しつこいぞイブ。僕はもう疲れてるんだ、続きは明日に……」

振り払うように腕を回し、瞼を開いてそちらを見る。

「えっ？」

「お待たせしましたマスター。こちらが見てほしかったものになります」

そこにはあり得ない程の美少女が立っていた。年の頃は僕と同等ぐらい。

腰まで届く金髪に青の瞳。薄桃の唇に純白のドレス。整った顔立ちから仕草。

僕の好みにピッタリ一致する天使がそこに存在していた。

「これは……夢か？」

いつの間にか熟睡していて夢を見ているのだろう。でなければこんなこの世の者とも思えない完璧な美少女が存在しているわけがない。僕がそう結論をつけると。

「安心してくださいマスター。夢ではなくてイブです」

目の前の美少女はそう名乗った。

「イブだって？」

「ええ。マスターの記憶の中でもっとも好ましいとされる要素をかけ合わせて最適になる容姿を再現してみました。どうですか？」

そう言って悪戯な笑みで見上げてくる。その声に僕は確かにイブらしさを感じた。

「なるほど。幻惑魔法の思わぬ使い方だな」

「御明察です。マスター」

イブは僕が許可している限りコアの力を使うことができる。攻撃魔法でモンスターを撃退したり、補助魔法で部屋を綺麗にしたりだ。

「この魔法は相手に虚像（きょぞう）を見せることができますから。それならば私がイメージする虚像を投影（とうえい）することでマスターともっとコミュニケーションをとることができるのではないかと考えました」

胸に手をやって自慢げに振る舞（ふるま）う。声は完全にイブなのに、こうして表情が加わると新鮮だ。

声は僕が前世で一番好きだった声優さんで、身体は僕の好みを集めた姿を使っている。そりゃ目を惹（ひ）かれるわけだ。

「さっき揺すったのはなんだった？」

まさか手を使って揺すったわけではないだろう。

「それは、ルームの一部を動かしてです。硬さを調節することで人の手を再現するつもりでしたけどこっちはまだ改良する必要がありますね」

そこまで改良してどこを目指すのか。僕はイブの決意に満ちた顔を見ると。

「まあ、良い目の保養にはなるかもな」

相棒であるイブと目線を合わせて会話できるようになったことで無意識に笑みが浮かんできた。


「それでは、これにて王立総合アカデミー入学試験を終了する」

あれから、2日が経過した。

僕を含む21名は試験期間終了と共に開始地点に集まった。

そこで船に乗せられ王都へと戻ってきた。

王都へ戻った僕らを待っていたのは、試験開始時に僕らの前に立ち試験内容を伝えた試験官だ。

彼は壇上に立つと僕らを見渡すなり試験の終了を宣言したのだ。

「今回試験を受けた受験生が200名。うち合格者はここにいる39名とする」

試験官の前に整列した僕ら。その人数は開始時に比べて圧倒的に減っている。

それだけ今回の試験内容が厳しかったのか。その分残されている人間はやり手を思わせる雰囲気が漂っている。

それにしても、王立総合アカデミーは1000人程の学生が3年間生活を共にする学校だと聞く。

今年の合格者がたったこれだけでは、広い施設が無駄になるのではなかろうか？

『いやー。それにしても最後までモンスターが殺到しましたねぇ』

試験官の有難い言葉に退屈しながら考えこんでいるとイブが話しかけてきた。

先日の幻惑魔法で姿が刷り込まれたため、笑顔を浮かべているのが想像できる。

（最後はCランクモンスターまで襲ってきたからな）

何故か毎日のように強敵と呼んでさしつかえのないモンスターが僕らのキャンプ地を襲ってきた。

大半はイブとカイザーに任せて倒してもらっていたのだが、昨晩なんてCランクモンスターのオーガが現れた。

オーガは並外れた怪力で木を引っこ抜いては投げるという常識はずれな存在な上、耐久力も優れている。

イブの魔法でもカイザーの突撃でもさほどダメージを受けず、このままキャンプ地に入り込もうとしていたオーガだったが、僕は対峙すると突進を真っ向から受け止めた。

カイザーの卵を毎日食べていたせいかその攻撃はさほど重く感じず、取り出した丸太1号を振りかぶってホームランの刑に処すると首を折ってお亡くなりになった。

オーガの素材に需要があるかは分からないけど、今は保冷室に安置してある。

とにかくそんなわけで、普通なら実質合格不可能だった試験も本日で終了となったのだった。

「それじゃあ、エリク。次は学校で会えるのを楽しみにしているよ」

あれから船に乗り込み、街へと戻った僕ら受験生。

試験が終わって安心したのか、他のメンバーは僕に礼を言うと思い思いに散って行った。

最後にロベルトが「約束の報酬を支払う」と言ってお金を用意して戻ってきたのでありがたく受け取った。ジャリ、とお金がこすれる音とともに手に重さが加わる。

どうやら結構な金額が包まれているようだ。

「こちらこそ。また会えるのを楽しみにしてるよ」

僕らは握手をすると別れた。

次に会うのは1ヶ月後にある入学式になるだろう。

それまでに色々とやっておきたいことがある。ワールド内の設備の充実から新たなコアの入手など。時間は限られているのだ。

『結構支払ってくれたみたいでよかったですね』

イブの言葉に頷く。

ロベルトは約束通り多額の報酬を支払ってくれた。何でもアンジェリカの家からも支払われたらしい。

彼女は王都に戻るなり迎(むか)えの馬車が来てしまったので挨拶(あいさつ)ができなかったが、今度会った時にでもお礼を言っておこう。

(これだけお金があれば色々できそうだけど、とりあえず移動しよっか)

無人島では結構な時間があったので、戻ってからの行動をあらかじめ決めておいたのだ。

「ひとまず、最初はあそこだな」

僕は必要な作業を順番に消化すべく歩き出した。

*

「アンジェリカ様。お疲れさまでございました」

「2人こそ、試験中お疲れ様」

アンジェリカは豪華な馬車の椅子に腰を沈めるとようやく気分を落ち着けた。

「随分とお疲れのご様子ですね」

迎えに来た執事が話しかけてくる。アンジェリカは億劫に感じながらも答えた。

「ダイアウルフの集団に襲われましたからね」

「なんですとっ！　良くご無事でございましたね？」

驚きの表情を浮かべる執事に。

「助けて下さった方がいましたからね」

「となるとカベロ家の子息が役に立ったのですな？」

確かにロベルトなくしては無人島での生活は成り立たなかっただろう。

アンジェリカは王城で育ったので食事1つ用意できないのだから。

「彼には非常にお世話になりました」

だが、アンジェリカが思い浮かべたのは別な人物だ。

「入学式まで1ヶ月。長いですね」

「何か仰られましたかアンジェリカ様？」

疲れてぼーっとしていたサーラが反応する。

「いえ、気にしないで頂戴」

平静を装ったアンジェリカは窓の外をみるのだが……。

「それにしてもダイアウルフですか……。これはやはり他の派閥の妨害ですかな？」

王位継承権は低いがアンジェリカは王女だ。事情あってゆえ試験に参加していたが、それを好機とみて刺客が入り込んでいても可笑しくはない。

「そうかもしれないわね。だとすると本当に……」

運が良かったのかもしれない。ダイアウルフのあとに追撃はなかったが、もしあったなら自分は命を散らしていたかもしれない。

「エリク様には感謝しかありませんね」

つかみどころのない少年にそう言えばお別れの挨拶をしなかったと思い出すとアンジェリカは柔らかく笑うのだった。

第四章　見習い探索者エリク

1

「すいませーん。失礼しまーす」

ドアを開けると目の前に飛び込んできたのは毛皮だった。

それらが壁一面に掛けられ、値札が付けられている。

奥には何かの肉が吊り下げられていて、同じく値札が貼られていることからこれらが売り物であると示している。

ここはモンスターなどの肉や毛皮、その他素材の売買をおこなっている『毛皮骨肉店』だ。

「はーい。お客さんですか？」

出てきたのは若い女の子だった。年の頃は今の僕よりもすこし上だろうか？

「ええ、モンスターの解体をお願いしたいんですけど」

「分かりました。ではこちらの注文票に記入をお願いします」

そう言って差し出された注文票の項目を埋めていく。

基本情報を埋め終えて、ふと手が止まる。

「どうかしましたか?」

「所属という項目なんですけど、僕はまだ所属がないんですけど?」

「あれ? そうなの?」

「来月には王立総合アカデミーに入学するんですけど」

「そうなんだ。私もそこに通っているんだよ」

「そうなんですか?」

予期せぬ偶然に驚きが溢れる。

「私は2年……もうすぐ3年生になるんだよね」

アカデミーの人がなぜこのような場所に?

そんな疑問に気付いたのか彼女は笑いかけると答えを教えてくれた。

「私の恩恵は【解体】なんだ。獲物を解体する時に最も効率の良い方法が分かるんだ。だから将来のことを考えてここでバイトをしてるの」

なるほど、そういうことか。確かに、アカデミーの学生にもバイトは許可されている。店側にしてもどうせ雇うならそこらの学校の学生よりはアカデミー所属の人間を雇いたいのだろう。

なにせ、アカデミー所属といえば優秀な学生に違いないからだ。

「私の名前はイザベラだよ。君は……エリク君ね?」

注文票を見て名前を改めたようだ。

「そうです。イザベラ先輩、宜しくお願いします」

先輩と解ったからには態度を正さなければならない。僕は年功序列に従って頭を下げる。

「あはっ、素直で良い子だね。うん、同じ学校のよしみだ。所属に関しては身元保証の意味で書いてもらってるからね。私が保障してあげる」

「でも、僕が本当にアカデミー所属してるかわからないのでは？」

「うーん。君は正直者っぽいからね。もし騙されたのなら自分を恨むことにするから気にしないで」

ロベルトといい、イザベラさんといい、僕は余程嘘がつけないように見えるのだろうか？

「わかりました。ご好意に甘えさせてもらいます」

僕が返事をするとイザベラはキョロキョロと周りを見渡す。

「それで、解体希望のモンスターは？　外に置いてあるのかな？」

どうやら解体依頼をお願いする獲物を探していたらしい。

「あっ、僕の恩恵でしまってあるので、もし可能なら出してよい場所に案内してもらえませんか？」

「ここだとまずいかな？」

「結構な数があるのでここだと置ききれないですね」

「ふーん。見た目とは違って結構やりてっぽいのかな？」

品定めをするような目で見られる。

「じゃあ、奥に案内するから付いてきてよ」

こうして案内されるままに奥へと進んでいく。

「そこに出していってもらえるかな？」

そこは店の何倍もスペースの取られた解体場だった。

何人もの人間が刃物を片手にモンスターを解体している。

「おっ、イザベラ。店番はどうした？」

そんな中の１人、筋肉が盛り上がったおじさんが話しかけてくる。

「この子。もうすぐ私の後輩になるんですけど、大量のモンスターを持ち込んでくれたんですよ」

「ほう、その身なりで大量か。最近、仕入れが減っていたから大いに助かるぜ」

わりと愛嬌のある笑顔を向けてくる。

「それじゃあ、ここに出していきますね」

僕は許可を貰うと、布が敷かれた場所にモンスターを出していく。

まずはダイアウルフが13匹。続いてオークが6体。更にジャイアントトードが8匹。

「わわっ。本当に大物ばかりだね」

信じてなかったわけではないだろうが、多少少なく見積もっていたのかイザベラさんが驚きを見せる。

「おいおい。それもほとんどがDランクモンスター。こいつは結構な大仕事になりそうだぜ。坊主。イザベラで良いのか？」

「それってどういう意味ですかね？」

僕が首を傾げると。

「そう言えば説明がまだだったね」

イザベラさんがポンと手を叩く。

「説明って何ですか？」

僕が質問をするとそれに答え始めた。

「モンスターの買い取りには2つの方式があるんだよ」

イザベラさんはそう言うと指を1本だけ立てる。

「1つ目はその場での買い取り。これは概算価格になるんだけど、モンスターの傷み具合や販売できそうな部位を見た上で私たちが値段を決めるんだ」

この買い取り方法はすぐにお金がほしい時に使われるらしい。

モンスターの解体までお願いして何日も滞在すると、待っている間が空いてしまうのでそれだけ効率が悪い。多少価格が落ちてもその場で金銭のやり取りができた方が装備を調えた上で次の狩りに行けるので稼ぎも良くなるのだ。

「2つ目は解体依頼。この方法は依頼者と請負人が8割と2割に分け前を分配する方法なんだよ」

「それって買い取りと何が違うんですか？」

「基本的に買い取りした後はこっちの人間で解体をすることになるので時間をかけてでもベテランの解体屋が作業することになるんだ。だけど解体依頼はそうじゃないんだ。駆け出しとベテランで腕に差があるから、同じモンスターでも取れる素材に差がでるの」

なるほど、そういうことか。そうなると先程の質問の意味も分かる。

素材を無駄にされる可能性がある以上、だれだってベテランにお願いしたいに決まっている。駆け出しに依頼を出すということは利益が減るということになる。

「だから私なんかよりも親方に頼んだ方がエリク君にしてみたらいいんじゃないかな」

イザベラさんは少し悔しそうな顔をするとおじさんに「お願いできますか？」と聞いていた。それを聞いたおじさんは……。

「流石にDランクはイザベラには荷が重いからな。今なら俺が引き受けても構わねえぞ」

イザベラさんの口利きのおかげでスムーズにベテランに依頼を承諾してもらえそうな雰囲気ができ上がる。

「いえ、僕はイザベラさんにお願いします」

僕はその申し出を断るとイザベラさんに依頼をした。

「えっ？」

驚いて顔を上げるイザベラさん。

「私で良いの？」

「ええ、もちろん」

驚きながら自分を指差すイザベラさんに僕は返事をする。

「お互いに未熟な身ですからね。今後のことを考えるなら駆け出し同士で仕事をした方が良いかと思って。将来助けてもらうこともあるでしょうから」

いうならば先行投資のようなものだ。

おじさんは荷が重いと言ったけどできないとは言わなかった。

この年でDランクを捌けるのならイザベラさんは十分に素質がある、そういう人にコネを作っておくのは商売をする上で重要なのだ。

彼女は笑顔を咲かせると「ありがとう」と言って僕の手を握ってきた。

そして仕事モードに切り替わると真剣な顔で注文票を埋め始める。

「魔核はどうする？」

雑魚モンスターの魔核に価値がないのは以前に話したことがあるが、モンスターのランクが上がってくると魔核は色々な材料なんかにも使えたりする。

「魔核はこちらで引き取りたいので、その金額は僕の取り分から差し引いてください」

ザ・ワールドの拡張に魔核が必要なのでそれだけは確保したい。

「わかった。正式な金額についてはちょっと解体してみないとわからないけど、ダイアウルフの毛皮が凄く傷んでいるのでとれる部位が少ないかな。どういう倒し方したの？」

丸太でホームランしましたというわけにもいかない。次からはもう少し倒し方も工夫するようにしよう。

「そうだ。因みにオーガって買い取りしてますか？」

一応保存してあるオーガについても確認を取ると。

「オーガはね、筋肉が硬くて不味いからね。うちでは取り扱いしてないんだ。専用の刃物がなければ解体不可だしさ」

　ランクが上のモンスターは死んでからもなお高度を維持する。

　なので、捌くには専用の道具が必要になるのだ。

（仕方ないな、イブ。オーガはカイザーにあげちゃって）

『はいマスター。早速与えたところ喜んでますよ』

　人間の口には合わないらしいが、クリスタルバードの口にはバッチリのようだ。

「それで、いつぐらいに終わりそうですかね？」

　これだけの量だし、他の解体もあるのだろうから予想以上に時間がかかる可能性がある。

「うーん。結構な量だからね……３日あれば終わらせてみせるよ」

　できれば早く魔核を吸収させたかったけど仕方ない。

「じゃあ、３日後にまた来ます」

「うん。それじゃ私はこのまま解体に入っちゃうからまたね」

　やる気らしく、早速壁に立てかけてある大型刃物をとってくる。

　僕がそのまま出て行こうとすると……。

「そうだ、エリク君」

「何でしょう？　イザベラ先輩」

「指名してくれて嬉しかったからこれあげる」

　そう言って差し出されたのは１枚の紙だった。

な。

「これは？」

何やらお店の場所が書かれている。そして紹介状とも。

「この店はうちの直営レストランなんだ。その紹介状があれば3割引きで食事ができるんだよ」

卸した肉をそのまま提供するレストランか。中卸がない分安く料理を提供できる上手いやり方だな。

「ありがとうございます。早速行ってみますね」

僕はお礼を言うとそのレストランに向かうことにした。

『3日後が楽しみですねマスター』

毛皮骨肉店を出るとイブが話しかけてきた。

（あまり無理しないでほしいところだな）

1体の解体にどれだけ時間がかかるのか正確なところは分からない。あれだけ大型の刃物を振るうのだから体力も必要だろう。

イザベラさんはそれほど体力があるようには見えない。その上で僕の期待に応えようと無理をしている可能性もありそうだった。

そんなことを考えながら歩いていると結構な人数とすれ違う。

ここ王都では冒険者や探索者の学校が多数存在する。

そして、学生の身分でもダンジョンランクⅠとⅡにはパーティーを組めば挑むことができるのだ。

そんなわけで、僕よりも少し年上の男女たちが頻繁にダンジョンに潜っているため、大通りは賑わいを見せていた。

『マスターもダンジョンに潜りたかったらパーティーが必要なんですね』

基本的に学生でも探索者ギルドに登録はできる。だが、どれだけ実力があろうがダンジョンランクⅠには4人以上のパーティー。ダンジョンランクⅡには5人以上のパーティーでなければ入れない。

そして、学校を卒業して初めてダンジョンランクⅢに6人以上のパーティーで挑めるのだ。

『そう考えると、無人島でロベルトさんたちを助けて良かったのかもしれませんね』

教本に書かれているダンジョンに潜るルールを見た際に、誰か一緒にダンジョンに潜ってくれる人間が必要になると考えていたのだ。

(まあロベルトなら一緒に潜っても楽しいかもね)

いずれにせよ学校が始まってからの話だ。それに……。

(イブの力ならできたばかりのダンジョンや未発見のダンジョンなら潜れるしね)

実際に無人島でもイブが発見したダンジョンに潜ったのだ。パーティーを組まなくても絶対に入れないわけではないのだ。

そんなことを考えているうちにイザベラさんに紹介された店へと到着した。

「お待たせしました。オーク肉のステーキにダイアウルフの舌の香草(こうそう)焼きとサラダです」

鉄板から「ジュージュー」と焼ける音がして美味(おい)しそうな香(かお)りが立ちのぼる。

無人島では魚と野菜がメインだったので溢れ出す肉汁に僕は目を奪われてしまう。

早速ナイフで肉を切ると抵抗することなくスーッと切れた。

『戦った時はもう少し硬かったんですけどね』

オークを解体するときのコツがあるらしく、上手く解体しなければ硬さが残ってしまうらしい。このステーキは合格点のようだ。

「美味いっ！」

久しぶりに食べる肉に舌鼓を打つ。続いてダイアウルフの舌に手が伸びる。

「こっちはコリコリしてるんだな」

香草がダイアウルフの癖の強さを消したおかげで食べやすくなっているようだ。

僕が2つの料理を次々に口に運んでいると……。

『ううう、いいなー。イブも食べたいです』

いくら幻惑魔法で姿を作れたとしても無理だろうな。

僕はそんなことを考えながらサラダに手を伸ばすのだが……。

「……いまいちだな」

改めて自分の【畑】から穫れる野菜が素晴らしい物だと理解した。

恐らくだが、売り出せばあっという間に人気がでるのは間違いない。

『そう言えばロベルトさんにお土産持たせるの忘れてましたね』

何となく良い雰囲気で別れたので忘れていた。

今度会う時にでも渡してやらなければいけないな。

そんなことを考えつつサラダを食べ終えた。


『この後はどうするんですか？』

店を出ると時刻は丁度夕方を回ったぐらいだった。

日中に王都に戻ってきたので、結構な時間を過ごしたことになる。

ぼちぼち店じまいをしている露店も目立ち始めたので、この時間から何か活動をするのは難しいだろう。

「そうだな……。試験が終わったばかりだし、今日は部屋でゆっくりするかな」

僕はそう言って裏路地に入り込むとザ・ワールドへと入っていくのだった。

2

目の前には荘厳な柱に大理石の床、神秘的な雰囲気を漂わせた建物がある。

「ここが神殿か……」

その迫力といい知れぬ息苦しさを感じて圧倒されそうになる。

『大きいですねー』

ところが、イブはそのような感想などないようで「へぇー」とばかりに緊張の欠片もなく神殿の見た目を率直に述べている。

「ここで寄付すれば良いんだよな？」

半信半疑なのだが、僕は念のためにイブにここに来た目的を確認すると。

『マスターも昨日説明を読んだじゃないですか？』

イブからは呆れた声が返ってきた。

確かにそうなのだが、前例がないことだけに不安になるのだ。

なぜ、僕が王都でも有名な神殿に足を運んでいるのかについては昨晩について説明しなければならない。

――昨晩

「さて、そろそろ【神殿】を拡張しようと思う」

本日、ロベルトから報酬を得たことで資金に余裕ができた。ロベルトは大盤振る舞いで金貨50枚を僕に渡してきたのだ。

20人を2日程護衛した報酬にしては随分と多い。アンジェリカの実家もお金を出しているらしいので、やはり有力な貴族の家系だったのだろう。

あって困るものでもないので、好意に甘えることにした。

そんなわけで、お金が手に入ったのでここらで【神殿】の能力をパワーアップさせておこうと思ったのだが……。

「というわけで【神殿】に金貨を捧げる」

僕は金貨1枚を【神殿】の上に置いてみた。

「……何も起きませんね？」

ところが、いつまでたっても変化は起きない。金貨は相変わらず【神殿】に載ったままだし、大きさも変わらない。

「もう寄付が終わって能力が拡張したってことはないか？」

隣で金貨を覗き込みながら不思議そうな顔をしていたイブに聞いてみるのだが……。

「うーん、それはないですよ。今まで通りの【神殿】ですね」

そう言って僕の説をあっさりと否定してみせた。

おかしい。確かに寄付をしたはずなのだがどうして受け付けない？

思い通りにならないもどかしさで焦りが浮かぶと……。

「あっ！」

何かを見ていたイブが驚きの声を上げた。

「なんだ？　どうした？」

何か解ったのなら教えてほしい。僕はイブの様子を窺う。

「とりあえず、マスターにも説明文をお見せしましょうか？」

イブがそう言うと、目の前に透明な何かが現れた。

「幻惑魔法の応用です。イブが普段見ている視界をマスターが見られるように展開しました」

イブの応用力の高さに驚く。流石ザ・ワールドの管理人だけある。気が利くな。

僕はニコリと笑顔を向けてくるイブから目をそらし説明書を読む……。

「なるほど、これか」

「そのようですね」

僕はイブが何に気付いたのか指でなぞると口にした。

【神殿】……『神殿に寄付金を支払うことで【神殿】を拡張することができる。【神殿】が大きくなると一度に得られる祝福の数、種類も増えていく』

「つまり、あっちの【神殿】じゃなくてこっちの神殿に寄付をすれば良いはずなんだよ」

まさかの拡張の条件が恩恵ではなく本物の神殿への寄付だとは思わなかった。だが、それで説明がついてしまうのだ。

『どこでも拡張できないというのは不便な気もしますけど……』

イブはやや不満げな声を出す。自分の管理外な場所で拡張するのが気に入らないのだろうか？

「とにかく、そうと分かればまず実験だな」

そういって神殿の中に入っていく。すると中では厳かな雰囲気を纏った神官衣を着た神官や治癒士が歩き回っている。

元の世界では無宗派だったので、こういった神を崇めるような場所は緊張する。

（取り敢えず、どこに行けば寄付できるのかな？）

沈黙に耐え切れずにイブに聞いてみるのだが。

『さあ？　そこらの人に聞いてみたら良いんじゃないですかね？』

流石のイブもそんなこと知りませんとばかりに返事をした。

僕はなるべく話しかけやすそうな人を選ぼうと行き交う聖職者たちを観察していると…………。

「おや、エリクさんじゃないですか？」

背後から話しかけられたので振り返ってみると。

「あなたは……セレーヌさん？」

そこには以前ダンジョンで一緒だった治癒士のセレーヌさんが笑顔を向けていた。

「お久しぶりですセレーヌさん」

思わぬところで遭遇した知り合いに僕はお辞儀をする。

「お久しぶりですエリクさん」

セレーヌさんはニコリと笑顔を向けると挨拶をしてくれた。

思わぬところで合ったが、よく考えればそうおかしな話ではない。

セレーヌさんは『恩恵の儀式』に駆り出される教会側の人間なのだから神殿にいるのはごく普通のこと。

周囲の人たちがチラチラとセレーヌさんを見ては通り過ぎて行く。

ダンジョンに潜った時と違って聖衣を纏っているセレーヌさんは女神のように綺麗なので目を引いているのだろうか？

「そういえばアカデミー試験合格おめでとうございます」

「えっ？　どうして知ってるんですか？」

唐突なお祝いに面をくらった。試験を終えて王都に戻ってきたのは昨日。

実家には手紙を書いてはいるが、試験結果に関しては関係者しか知らないはずなのだ。

「ふふふ。それはそのうちわかりますよ」

口元に手を当てて意味深な笑みを浮かべるセレーヌさんに、

「あっ、そうだ。推薦ありがとうございました。おかげで合格できたんだと思います」

探索ギルドのマスターとサブマスター、そしてセレーヌさんの推薦。そのどれかが欠けていたら受験資格を得ることができなかったのだ。

「私は推薦しただけです。合格したのはエリクさんが頑張ったからですよ」

そういって手をとられる。セレーヌさんの手は温かくとても柔らかかった。

「ところで、エリクさんはどうしてこちらに？」

セレーヌさんは首を傾げてきた。

確かに『祈りの日』という神に祈りを捧げる日でもなければ一般人が神殿を訪れることはほぼない。

「実は寄付をしたくて来たんですけど、どこに行けば良いのかわからなかったんです」

「寄付ですか？」

セレーヌさんが不思議そうな顔でこちらをみる。

無理もない。駆け出しにすらなっていない村民が寄付をするというのはそれ程珍しいのだ。

「この度の試験を突破できたのは神様の導きがあってのものだと思ったので。感謝を捧げたいなと」

恩恵の拡張を説明する程に仲が良いわけではない。なのでもっともらしい理由を述べてみる。

「なるほど。それはとても素敵な考えですね。エリクさんは大変信心深い方だったのですね」

セレーヌさんは疑うことなく笑って見せると。

「寄付の受付でしたらこちらです。私が案内いたしますね」

僕の手を引いて歩き出すのだった。


「こちらが寄付を受け入れている神賽箱です」

セレーヌさんに連れられて訪れたのは神賽箱だった。

「商人や貴族の方は他の窓口になるのですが、一般的な寄付はこちらから行っています」

「……なるほど」

参拝ついでに願い事でもしたい気分になってくる。

セレーヌさんがニコニコ笑っているのを横日に僕は神賽箱の前に進む。

横幅が広く、入った硬貨は手を突っ込んで取れない様にかえしが張られている。
（イブ）

『はいマスター』
(僕が金貨を入れて恩恵に変化があったら教えてくれ)
『わかりました』
僕は懐にあらかじめ用意しておいた金貨を取り出すとそれを神賽箱に投げ入れた。
『マスター【神殿】が拡張されました。説明を投影します』
イブの言葉と共に目の前に説明文が浮かび上がる。

【神殿】……神殿を設置することができる。1日1度祈りを捧げる事で【祝福】を受けることができる。受けた祝福は24時間持続する。
受けられる祝福は下記の中からランダムで2つ発生する。

・スピード100%アップ→スピード200%アップNew
・パワー100%アップ→パワー200%アップNew
・スタミナ100%アップ→スタミナ200%アップNew
・マジック100%アップ→マジック200%アップNew
・ラック100%アップ→ラック200%アップNew
・経験値増加100%アップ→経験値増加200%アップNew
・回復力増加100%アップ→回復力増加200%アップNew

（凄いじゃないか。効果が倍になっている上、一度の祝福が2つに増えてるぞ）

これまでは1つしか祝福を受けられなかったので、その日の行動を祝福に左右されていたのだが、これならばどちらかの祝福で役立つ方を選ぶことができる。

『次の拡張に必要なのは金貨50枚みたいです』

説明を見直しているとイブが新しい情報を寄越してきた。

（今はこれで十分だな。他にやりたいこともあるし）

今後の方針について考えこんでいると……。

「凄いですねエリクさん。金貨を寄付して頂けるなんて」

恩恵の確認に夢中になっていて忘れてたが、セレーヌさんが話しかけてきた。

「このぐらいは当然ですよ」

こちらも得る物があるのであまり手放しで褒められると居心地が悪い。

「もし宜しければこのお礼に私が何かして差し上げたいのですが、いかがですか？」

セレーヌさんは胸に手をあてるとそう言ってきた。

なので僕は遠慮なくお願いをすることにした。

「お店を1つ紹介して貰えませんか？」

「お店……ですか？」

僕の言葉を聞き返すと首を傾げる。

「ええ。ダンジョンコアを取り扱(あつか)ってる店に興味がありまして。もし御存(ごぞん)じだったらで良いのですけど」

先日のインクにすり潰(つぶ)す為(ため)のコアではなく。きちんと販売している店を僕は探していた。

セレーヌさんは何かと顔が広く感じたのでお願いしてみると。

「分かりました。私が紹介状を書いて差し上げますね」

2つ返事で引き受けてくれたのだった。


「ここがそうなのか……」

あれから。セレーヌさんに紹介状を書いてもらった僕は、地図を片手にその店へと向かった。

最初、セレーヌさんは「もし宜(よろ)しかったら私が案内しますよ」と提案してくれたのだが、あまり僕の用事に付き合わせるのは申しわけなかったので丁重(ていちょう)にお断りした。

『ここにまだ見ぬコアが眠ってるんですね』

その代わりというわけではないが、イブが興奮した声で僕に話しかけてくる。

(頼(たの)むから静かにしてくれよ？)

コアが大好きなイブに自重を求めるのは難しいかもしれないが、店内で話しかけられても反応ができないから困るのだ。

僕はイブが黙り込んだのを確認すると、豪華(ごうか)な扉(とびら)を開けるのだった。

「いらっしゃいませ。紹介状はお持ちでしょうか？」

店内に入るなり左右から店員が寄ってくる。

「これです」

それにしても、普通に紹介状を要求されるとは思っていなかった。

世間における低ランクコアの相場を知っておきたかっただけなのだが、セレーヌさんは思っていたよりも良い店を紹介してくれたようだ。

店内を見渡す前に、まず奥に続く扉がもう1つある。盗難を防止するためなのか頑丈なセキュリティだな……。

「こ、これはっ！」

「どうしましたか？」

目の前で店員さんがやり取りをする。紹介状を見て顔色が変わったのが分かった。

2人はしばらくひそひそと話をすると……。

「お待たせしました。私がご案内させて頂きます」

そう言って奥への扉を開いた。

「本日はどのようなものをお求めでしょうか？」

そこは、レッドカーペットが敷かれたフロアだった。

壁にはショーケースが置かれており、宝石を取り扱うかのようにダンジョンコアが鎮座されている。

「案内人が付くんですか？」

「ええ、当店は王都で一番のお店ですので。コアの取り扱いには細心の注意を払っております。ですので、お客様がおいでになられた場合、案内人をつけるのがルールとなっております」

なるほど、ダンジョンコアは魔導具の動力源としても使える。なので高価なコアを盗んで売り払おうとする輩が行動できない様に監視するのだろう。

それにしても困った。今回は冷やかしできているので買うつもりはないのだが……。

僕はフロアを見渡してみるとあることに気付く。

「あれ？　ここってランクⅠやⅡは置いてないんですか？」

僕が持っているコアの相場を知りたかったのだが……。

「低ランクのコアですか？　取り扱っておりませんね」

どうやらないらしい。

「じゃあ、一番ランクの低いコアから見せてもらえますか？」

僕はこの店の最低ランクのコアから調査することにした。

「こちら、ランクⅣのコアになります」

案内されたのはお店の一番奥の端。つまり一番目立たなくそれゆえ人がこない場所だった。

「へぇ……。これって色ごとに属性が決まるんですよね？」

大きさは僕が持つ火のコアと同じだ。火のコアは赤なので、目の前にある赤いコアは僕の物と同じ属性で間違いないだろう。

「ええ、ランクⅣには主に火・水・風・土の4種類がございますね」

それぞれ赤・青・緑・黄のコアが飾られていた。

たとえⅣがこの店の最低ランクとはいえ扱いが丁寧だ。

「ちなみに、こちらはいくらするんですか？」

場合によっては買えなくもないか……。

「こちらは金貨100枚ですね」

『へぇ、ロベルトさんたち40人分ですねぇ』

（その計算方法やめろっ！）

一瞬納得しかけたが、よく考えると失礼なのでイブに説教をする。

「こちらは貴族様が贈答品としてよくお買い上げいただいております」

「……なるほど」

店員さんの説明を完全に聞き流すと僕は考える。

こうしてコアを買ってしまえばダンジョンに潜ることなくザ・ワールドを強化できるんじゃないかと思ったのだが……。

通常、一般家庭での1月あたりの収入は金貨4枚なのだ。だからもし町や村で一般的な仕事に就いた場合、コアを購入するまでに最低2年は必要な計算になる。

一方、冒険者や探索者。その他生産系などのダンジョンとたずさわる仕事の人たちは収入がでかい。

一度の冒険やダンジョン探索でモンスターの素材やらコアやら魔導具などを得てくるので金貨100

枚なんて持っているのが当たり前。

だが、彼ら（かれ）は装備品や道具に金がかかるので、大金があってもあっという間になくなってしまう。

なので、命がけで獲（と）ってきたダンジョンコアの価格が高くなるのは当然と言える。

「ちなみに、火のコアっていくらで買い取りしてますか？」

『ママママ、マスター⁉』

イブの驚く声が響く。

「今ですと金貨70枚でしょうか？」

なるほど、7掛けといったところなのか……。

いざとなればもう少し安くできそうだな。

ランクⅣでこれならⅤからⅧなんて桁（けた）が違うのだろう。

取り敢えず、当面は手持ちのコアで何とかするとして……。

「あの？　あっちのコアってなんなんですかね？」

僕は店の中央に位置する場所に飾られた巨大なコアを指差した。

店の中央には一際（ひときわ）大きな台座があり、その台座には無色透明の石が飾られている。

僕がそちらに興味を持つと、店員さんは付き添（そ）う様に石の前まで来た。

「こちらは【アルカナダンジョン】のコアになります」

その言葉に僕は眉（まゆ）をひそめる。

【アルカナダンジョン】


その忌まわしき名はこの世界に生きている者なら誰もが知っている。

かつて、神は人間に試練を与えるべく21のダンジョンを世界に誕生させた。

人々は武器や杖を持ち、そのダンジョンへ次々と挑んでいった。

だが、どれほど屈強な戦士が力を振るおうと、どれだけ聡明な賢者が知恵をしぼろうとそれらのダンジョンは攻略されることはなかった……。

挑んだものは全滅するか、瀕死の重傷を負い帰還するか。生存して戻れるのは1万人に1人。

それらはおとぎ話としても有名で、子供たちが間違っても挑まない様に戒めとして語り継がれている。

事実、このダンジョンはおとぎ話ではなく世界の各地に存在している。

「そちらのコアには刻印が刻まれています。これはダンジョンからコアを抜き取る前から刻み込まれていたものらしいです」

そう言われてみてみるとコアにはⅦの数字が刻み込まれていた。

「これって本物なんでしょうか?」

気を悪くするかもしれないと思い、若干申しわけなさそうに聞いてみる。

「皆様よく疑われますね。こちらは今から100年前、突如現れた探索者の集団が命がけで攻略したコアで間違いありません。王国の史実にも当時の記録が残っておりますので」

そこまで言うのなら本物なのだろう。

（イブ。分かるか？）

僕は念のため、イブに確認を取る事にする。

『はい。何というか、このコアからは凄い力を感じます。恐らくですがこの店で2番目に強いコアの1000倍以上』

その言葉に僕は耳を疑う。

この店にある最高のダンジョンコアはⅥだ。最難関ダンジョンのⅦではないものの、そのコアと比べてもそこまで強力だとすると伝説の通り、とてつもない力を秘めていそうだ。

「これって売り物なんですか？」

恐らくは高いのだろう。今の僕では到底手が届かないに違いない。

だが、聞かずにはいられない。これは僕が目指す先。究極に至るのに必要な物。

僕は流石に緊張して喉をゴクリとならすと店員さんの言葉を待つ。

「こちらは金貨1億枚ですね」

「は？」

あまりの金額に脳がフリーズする。

それはこの国の国庫を空にしてようやく届く金額だったからだ。

『マスターどうするつもりなんですか？』

店をでて飲み物を買うと公園のベンチに腰掛けた。

先程までいた店のコアについて考えを纏めるためだ。

(どうもこうも、流石にあの金額は無理だよ)

欲しければ国を支配した上でその国を売り払う必要があるのだ。

流石にそんなことはできないし、できたとしても反乱が起きるに決まっている。

「つまり、売る気がないってことなんだよな」

なまじ買い取り可能な金額を提示しなかったのはそういう意味だと僕はとらえる。

『せっかくのダンジョンコアなのに……指をくわえてみてるしかないんですか?』

実際、イブには指はないのでくわえることも不可能なんだけど……。

(今の時点では無理ってだけだよ。この先のやり方次第では何とかなるかもしれない……)

最後に予想外なものを見せられたが、偵察の目的は十分に果たしたのだ。

『流石マスターです。手に入るのが楽しみですね』

機嫌を良くしたイブの声を聞きながら、僕は最短で駆け上がるルートについて一考するのだった。

3

「さて、今日はまだ日も高いし準備をするか」

僕は得た情報を活かすために早速行動を開始する。

『マスター、妙に張り切ってませんか?』

「時間は有限だろ? 学校が始まるまでにやっておきたいこともあるし」

そう言って訪れたのは装備を取り扱う武器&防具の店だ。

「すいません。駆け出しの探索者用の装備を見せて貰いたいんですけど」

僕は店に入るなり、奥で剣を磨いていたおじさんに声をかける。

「それだったらそっちに展示しているセットがそうだな」

僕のように駆け出しの探索者が良く買いに来るのか、短剣に革鎧とランクⅠのダンジョンに潜るのに不都合がない装備が置いてある。

「これ下さい」

「はいよ。銀貨10枚だ」

僕は言われた通りのお金を渡すと。

「すいません。ついでに着替えて行っていいですか?」

「構わねえぞ。何か不具合があったら言えよ。調整してやるからよ」

怖そうな顔をしているが意外といい人ぽい。僕は着替えを終える。

『うーん、なんか急に弱く見えますね』

新品の装備ということもあり、どこからどう見ても駆け出しの探索者にしか見えない。実際、その通りなんだけど。

「ありがとうございました」

お礼を言うと出て行こうとする。

「おう、強くなって次はもっといい装備を買ってくれよな」

おじさんは笑顔で送り出してくれた。


『マスター次はどこに向かってるんですか？』

僕が速足で迷いなく進むのでイブが気にしだした。

「とりあえず、ロベルトに渡してなくなったポーションの補充はしておかないとね」

現状僕は回復させるようなスキルや恩恵を持ち合わせていない。

なので、怪我をしたらポーションを使う必要がある。

そうこうしている内に到着した錬金と魔法の店……つまり以前水を売りに来たお婆さんの店だ。

「こんにちはー」

「おやおや、この前の。また水を売りにきたのかい？」

お婆さんも僕を覚えていたようだ。

「いえ、今回はポーションを買いにきたんです」

水に関しては仕入れたいところではあるが、現状で1人ではダンジョンに入れない。

お婆さんは僕の注文を聞くと奥からポーションを取ってくる。

「そう言えば試験はどうだったんだい？」

「ええ、まあ何とか合格できました」

「あれまあ、それはめでたいね。お祝いにポーションをサービスしておくよ」

お婆さんはそう言うと奥から更にポーションを持ってきた。

「いいんですか？」

「構やしないよ。あんたがアカデミーを卒業して一流の探索者になってくれれば贔屓にして貰えるだろうからね」

王立総合アカデミーの生徒という肩書きはこういうところでも有利に働くようだ。

もっとも、まだ駆け出しの人間にポーションをサービスしてくれるのはお婆さんの優しさに他ならない。

「そう言えば、あれから特殊ダンジョンのコアって仕入れましたか？」

来たついでだ。もし仕入れてあるのなら買い取りたい。

「特殊ダンジョンはあまり出現しないからねぇ。私の販売ルートでも極たまにしか入ってこないんだよ」

残念ながら入荷してないらしい。

「わかりました。もし入手できたら買い取らせてください」

なので、入荷した時に確実に確保できるように話を進めておく。

「変な子だね。大がかりな魔法陣でも描くつもりなのかい？」

いぶかしむお婆さん。まさか他の用途で使っているとは説明し辛いので……。

「ええ、ちょっと魔法陣の研究をしている人がいて、買い出しを頼まれてるんですよ」

「なるほど、そう言うことなら取っておくよ」

お婆さんと約束をすると店を出るのだった。

『ううん。新しいコアがないのは残念ですよマスター』

イブが残念そうな声を出す。確かにコアのコレクションはイブにとって重要な要素だからな。

本日、それなりのコアと化け物クラスのコアを見たのだ。それなのに1つも新しいコアが手に入らないのでそわそわしているのが伝わってくる。

『それで、次はどこに向かっているんですか？』

相変わらず目的地へ一直線に向かう動きを見せている僕にイブは疑問の声を投げかけた。

僕は程なくして到着した目的地のドアをバンッと開くと……。

「探索者ギルドだよ。ランクⅣのコアを手に入れる為にね」

そうイブに答えるのだった。

＊

「何？　荷物持ちがいないだと？」

探索者ギルドの一角にて声が上がった。

「は、はぁ。どうやらこの前のダンジョンでよくない病気をもらってきてしまったらしく、現在は病に伏せているようです」

声を上げたのはトーマス。ここ王都で『銀の盾』というクランの団長を務める人物だ。

『銀の盾』は構成人数こそ20人と少ないが、新人の育成から高ランクダンジョンへの挑戦などを積極的に行っている。

その甲斐もあってか、最近ではクランメンバーの新人が成長したこともあり、王都でも中堅の地位を固めていた。

「くそっ……、そういえば戻った時に顔色が悪かったな」

トーマスは責任感の強い男だ。病気で苦しむ荷物持ちに罪悪感を覚える。

「どうしますか？　最悪荷物持ちなしでも行きますか？」

攻略パーティーメンバーの１人の質問に。

「いや、今回挑むのはランクⅣのダンジョンだ。あの荷物持ちの【アイテムボックス】がなけりゃ話にならん」

通常、ダンジョンに挑む場合最低限のパーティー編成がギルドより決められている。

ランクⅠならば４人。ランクⅡならば５人。ランクⅢならば６人。

これは初心者にありがちな、慢心して少人数でダンジョンに挑んで全滅するという余計な犠牲を出さないためのルールだ。

そして、彼らが挑もうとしているランクⅣの必要人数は６人。

高ランクを探索できる人間ほど無茶をしなくなる。なのでランクⅣ以上は基本的に６人いれば攻略してもよいとされている。

逆に言えばランクⅣ未満は新人扱いの域をでないという意味でもある。

「他のメンバーも揃っちまってるし、何よりせっかく目を付けてたダンジョンなのに他のクランに横取りされるのは気に食わねえ」

今回の攻略において、他のクランメンバーを先行させ地図を書かせてある。

既にダンジョン内の地図は完成しており、あとはそこまで進みボスを倒すだけ。

今は他のクランの連中は攻略できていないが、この仕事は数日あれば状　況が激変するのだ。

荷物持ちの体調が快復したころには既に手遅れになっている可能性が高い。

「でしたら、ギルドに控えている荷物持ちを同行させるのは？」

その提案にトーマスは口に手をやって考え込む。

ダンジョン攻略にはパーティー登録する戦闘要員の他に、荷物運びを生業とする非戦闘要員も存在する。

【アイテムボックス】の恩恵かスキルを持っているが、他に戦闘できるスキルがないため荷物持ちとしてダンジョンに潜り、食糧や水、ポーションなどの物資を運び、またドロップなどの戦利品を回収する。

この【荷物持ち】はあくまでも戦闘に参加をしない前提で人員に組み込まれているので、学校に在学中であったり、高ランクダンジョンの探索資格のない人間でも受けることが可能だ。

「しかし、あいつほどのアイテムボックスがなければ……」

通常、ランクⅣダンジョンを攻略するのにかかる日数は数日ほど。

今回は下調べが済んでいるのでそこまではかからないだろうが、最低でもパーティーメンバーが1週間は潜れる量の物資を保管できる人物でなければならない。

だが、ギルドのテーブルで声をかけられるのを待っているのは、普段は低ランクのダンジョンで荷物持ちをしている者たちだ。

戦闘に参加しなくてよいとはいえ、ランクⅣからは敵が1段強くなるのだ。恐らく荷が重いだろう。

延期かリスクを覚悟で挑むか……。トーマスが答えの出しづらい問題に頭を抱えていると……。

「あのーすみません」

その場の雰囲気をぶち壊すように少年が話しかけてきた。

「ん。なんだ？」

トーマスは内心の焦りを出すことなく受け答える。

「少し話が聞こえたんですけど、なんでもダンジョンに挑むのに荷物持ちがいないとか？」

少年は気後れすることなく笑顔を見せると……。

「もし宜しければ、僕を同行させてもらえないでしょうか？」

「君を……？」

トーマスは眉をひそめる。何故なら少年は店で売っている初心者用の装備を身に着けているからだ。

しかもそれが未使用だとトーマスにははっきりわかる。

確かにクランでは新人育成に力を入れているとはいえ、今回挑むのは数日はかかるダンジョンだ。新人を連れて行くにはデメリットが大きい。

トーマスは断ろうと口を開くと……。

「あっ、すみません、これ見ないと判断できないですよね。一応これが僕のアイテムボックスです」

そう言って少年はアイテムボックスを開く。

「これは……」

「凄い！」

他のパーティーメンバーが驚く声を聞きながらトーマスは同じようにアイテムボックスに釘付け（くぎづ）になる。

それは、本日依頼をするはずだった荷物持ちのアイテムボックスよりも一回り大きかったのだ。

「どうでしょうか？」

少年のその問いかけに……。

「クラン『銀の盾』の団長のトーマスだ」

気が付けば手を差し出していた。

少年はきょとんとすると、それが承諾の言葉だと気付くと。

「エリクです。宜しくお願いします」

笑顔で握手をするのだった。

＊

「よし、そっちは任せたぞ！」

トーマスさんが左右のパーティーメンバーに指示をだすと、両側から向かってくるゴーレムに前衛の男女が1人ずつ立ち道を阻む。

「後衛の1人は魔法でバックアップをしてくれ。もう1人は弓で援護。最後の1人はエリクを守れ」

「「「はいっ！」」」

トーマスさんの指示に返事をすると即座に動き出す。

女魔道士さんが杖を掲げて水の魔法をゴーレムへと打ちだすと右腕に当たる。

トーマスさんが飛び出し、ゴーレムの濡れた腕部分をメイスで叩くとゴーレムの右腕がぽろりと落ちる。

土属性であるゴーレムに対して鈍器は有効な攻撃だ。

更には後衛の男弓使いさんが前衛の女戦士さんに襲いかかろうとしているゴーレムの胸部に矢を連射する。

そこで一瞬ゴーレムに隙ができる。

女戦士さんはバトルアックスを振り上げるとそのまま勢いに任せて振り下ろした。

ゴーレムの巨体の脳天から振り下ろされた攻撃は身体に食い込み、胸のあたりで止まる。

そして、女戦士さんがその場から離れると、女魔道士さんが再び水の魔法を唱え、半壊状態になったゴーレムを攻撃すると、それが限界だったのかゴーレムは魔核を残して朽ちて行く。

戦況が完全に有利になったところで女魔道士さんは前衛の男戦士さんを援護し、女戦士さんはトーマスさんの元へ駆け寄った。

それからはあっという間だった。彼らは怪我1つ負うことなくゴーレム3体を倒してのけたのだ。

「ふぅ、終わったな」

「お疲れ様です」

汗をぬぐいながら戻ってきたトーマスさんに僕は声をかける。

「エリク君こそ、怖くはなかったのか？」

「ええ、皆さんがあっという間に倒してしまったので怖がる暇がなかったです。ランクⅣのダンジョンなのに凄いですね」

僕は現在『銀の盾』に雇われた形でランクⅣのダンジョンに潜っている。

なぜそんなことをしているのかというと、もちろんダンジョンコアを入手するためだ。

通常。駆け出しの探索者や、学校に在学している人間は卒業するまでの間、高ランクのダンジョンに挑めない。

だが、そうなると恩恵を活かせずに学費が払えなかったり、訓練を積むことすらできない人間も出てくる。

なので、探索資格が足りていない人間も【荷物持ち】という身分で仕事をすることが許されている。

僕はあらかじめイブにザ・ワールドの入り口にそこそこ広い空間を作るように言い、ルーム内が見えない様に壁を張り巡らせるよう指示をした。

おかげで今の僕は恩恵がアイテムボックスということになり、こうしてトーマスさんから依頼をうけることができた。

『でもマスター。このままこの人たちがダンジョンを攻略したらコアはこの人たちの物になりますよね？』

もちろんその通り。僕はあくまでも荷物持ち。戦闘をしなくて良いかわりに報酬もそこまで高くはない。

そもそも【荷物持ち】の始まりは、先輩探索者が初心者を同行させ、目の前で戦闘を見せることで経験を積ませるために編み出されたのだ。

初心者は先輩たちのやり方を見て学習をし、低ランクダンジョンを攻略する時の参考にする。

なので、報酬はおまけみたいなもので、向上心がある探索者はまず【荷物持ち】から始めることが多い。

（そこはちゃんと考えてあるから）

僕の返事にイブは訝（いぶか）しむと…………。

『もしかして……コアが手に入ったところで奪うんですね？』

（んなわけないでしょうが……）

イブの冗談に僕は内心で突っ込みを入れる。そしてふと思う。

以前に比べるとイブが感情をだすようになってきたのだ。

恩恵を発現した時は冗談を言うような性格ではなかった。もしかすると時間が経つにつれて成長しているのかもしれない。

そうこうしているうちにトーマスさんたちが歩きだす。

戦闘後の点検を終えたのだ。

『じゃあマスターはどうやってコアを手に入れるつもりなんですか?』

イブが聞いてくる。その問いに僕は……。

(手に入れたところで店に売る値段よりも高値を提示して買い取るんだよ)

至極まっとうな答えを返すのだった。


「よし、今日はここで休息とする」

今日1日ダンジョンを歩き回った末にトーマスさんはそう言った。

それというのも、丁度良さそうな部屋があったからだ。

ダンジョンには時折こうした空間ができることがある。

モンスターが出ないわけではないのだが、入り口を警戒しておけば不意打ちは防げる。

何より土属性のダンジョンは基本地面がゴツゴツしているのだが、こういった部屋は地面のおうとつがないので横になって休息を取るのには最適だ。

今日１日で４つ程階段を下りた。

その度にモンスターが強くなってきたのだが、このパーティーは安定した強さを発揮してそれらを撃破（げきは）してみせた。

そんなわけで本日の移動はここまで。ここに泊（と）まるということで、食糧を取り出してそれぞれが一息つき始めるのだが……。

「予定よりも進んだわね」

「ああ、意外だよな」

そんな会話を始める男女の戦士さんたち。何気なく思うのだが仲が良さそうな気がする。

そんなラブなコメの波動を感じ取っていた僕だが……。

「エリク君。疲労はどんな具合だ？」

周囲の見回り終えてトーマスさんが戻ってきた。

「僕は戦闘に参加しないで付いてきてるだけなので。問題ないですね」

モンスターがドロップしたアイテムを拾いまくったけど、それは触った瞬間にザ・ワールドへと収納してある。

あまりの早さにトーマスさんたちも驚いていたが、ワールドを開いて収納しているドロップアイテムを見せたら納得してくれた。

「そうか……。わりと初心者にはきつい速度だったんだけどな……ドロップの収拾も早かったしこのペースなら明日にはボス部屋までたどり着けそうだ」

そういって地図を見直す。地図にここの休憩所のことも書かれてるのでどうやら想定していたらしい。

言われてみれば結構なハイペースで歩いていた気がする。前衛の3人と男弓使いさんは平気なようだけど、女魔道士さんと僕を護衛してくれている女治癒士さんはしょっちゅう息を切らせていた気がする。

僕は、ここで休息となったので皆に提案をしてみる。

「そうだ、皆さんに使いたい魔法があるんですけど」

その言葉に男女の戦士に男弓使いさん。トーマスさんに、話をしていた女魔道士さんと女治癒士さんが見てくる。

「魔法？　恩恵はアイテムボックスじゃないのか？」

トーマスさんの言葉に僕は頷いて見せる。

「実はスキルで【クリーン】という魔法が使えるんです。これは身の回りの汚れを綺麗にしてくれる効果があって、僕は1日の終わりにこれをかけないと落ち着かないんですよ。それで、僕だけがサッパリするのも申しわけないのでどうかなと思ったんですけど……」

実に自然な流れで切り出せた。ロベルトたちの時は散々悩んだんだが、僕の我が儘ということにすれば受け入れられやすい。

実際、ダンジョンで戦闘を繰り広げた彼らは相当に汚れているし……。

「まずは僕が自分に使って見せます……【クリーン】」

次の瞬間蒸気が立ち上がり、気持ち良さとともに汚れが落ちていく。

「ほう、凄いな……。これを俺たちにもかけてくれるのか？」

僕は早速トーマスさんにクリーンをかけると……。

「これは……癖になるな、今日の疲れが吹(ふ)き飛んだぞ」

鎧も綺麗になり、精悍(せいかん)な顔つきが戻った。

「皆もかけてもらうように」

その声をきっかけに全員に魔法をかけていくのだが……。

「ありがとうね。エリク君」

女治癒士さんと女魔道士さんがお礼を言ってくれた。

この人たちは戦闘の度に僕の傍(かたわら)で警戒をしてくれていた。なので……。

「2人の綺麗な姿が見られた方が僕が嬉しいので」

感謝の気持ちを込めてそう笑顔で返しておく。

実際、クリーンをした後の2人からは良い匂(にお)いが漂ってくる。綺麗な顔をしているし汚れている姿よりは全然いい。

「やだ、可愛(かわい)い！　団長この子持って帰りたいです」

「あっ、ずるいです」

何故か両側から抱(だ)き着かれた。

「こらおまえら。純情な少年をからかうんじゃない」

戸惑っていたのが顔に出たのか、トーマスさんが止めに入ってくれる。

「でも、確かにこの恩恵とスキルはメンバーにほしいんだよな……」

だが、トーマスさんは何故か真剣な顔をして僕を見つめてくるのだった。


「いよいよ最奥まで来たな」

僕らの前には大きな扉がある。

「ここにボスがいるのよね？」

女魔道士さんが確認をする。

「ええ。クランの偵察の話だとボスは【ダイヤモンドゴーレム】ですね」

女治癒士さんがそれに答えた。

「物理防御に特化した硬い奴だが、討伐経験がないわけじゃないからな。だからと言って油断するのは論外だ。お前ら気張っていくからな」

トーマスさんが皆の気を引き締めにかかる。

流石はランクⅣに挑むだけあってなのか、トーマスさんが言うまでもなく皆の顔つきに油断はない。

「エリク君は私と後ろで見守りましょうね」

「……わかりました」

治癒士さんが微笑みかけてくるので笑顔で返しておく。

「よしっ！　これが終わったら酒場にでも繰り出すか！」

「団長の奢りっすね！　やったぜ」

「いつも通り呑み比べ勝負よ」

　そう言って突入していくのに僕はついていくのだった……。


「はっ！　くそっ……かてえっ！」

「正面からは無理っ！　団長が傷つけた場所を重点的に狙うのよっ！」

「風の魔法で援護しますっ！」

「スナイプシューティング‼」

　トーマスさんがメイスを振るい、女戦士さんと男戦士さんが側面から剣を叩きおろす。

　女魔道士さんが風魔法を使って援護するのだが、彼女の恩恵は水らしく、風の魔法は熟練度が低いようでいまいち効果が薄い。

　男弓使いさんの矢は、神がかった精度で味方の間をすり抜けるとダイヤモンドゴーレムに確実な傷をつけていく。

「支援魔法が切れそうな人は戻ってくださいっ！」

　女治癒士さんも僕の傍にいるのだが、回復に支援魔法と忙しそうにしている。

（退屈だな……）

　素直な感想をイブに言う。

『仕方ないですよ。マスターが手伝ったら不自然ですもん』

確かに荷物持ちとしてきているのでここで手を貸すのはどうなのかとも考える。

これが圧倒的なピンチならば人命優先なので仕方ないのだが、トーマスさんたちは善戦している。

以前に討伐をしたことがあるというのは本当なのだろう。

硬いダイヤモンドゴーレムを倒すために1点集中で攻撃をして既に両腕を破壊(はかい)している。

流石に疲労(ひろう)こそ溜(た)まってはいるが、それでも負ける要素が見つからない以上僕の手助けなんぞ余計なお世話にしかならない。

(でも、せっかくだから試したかったんだけどな)

僕の丸太で殴(なぐ)りかかった場合ダイヤモンドゴーレムはどのぐらいの飛距離を出すのか?

それでなくても初めて見るモンスターなのだ、一度は戦ってみたかった。

『せっかく【神殿】で祈ったのに生かす場面がないのは勿体(もったい)ないですよね』

(……まあね。この結果も気になってはいる)

今朝方、皆が起きる前にザ・ワールドに戻った僕は【神殿】に祈りを捧げた。

その時に得た祝福なのだが……。


〈パワー200%アップ×2〉

『ランダムで2つ重複するんですね』

イブの言う通り。現在の僕は触れると危険なパワーアップをしているのだ。

だからこそあのゴーレムと力比べをしてみたかったのだけど、裏方は最後まで裏に徹することにする。

そんなわけで、うずうずしながらボス戦を見守っていたのだけど……。

「よしっ！　ボスを倒したぞっ！」

トドメの一撃を放つとゴーレムが倒れ、消滅していく。

トーマスさんがメイスを振り上げると勝ちどきを上げた。

「やった【ダイヤモンドソード】をドロップしたわ！」

女戦士さんの指摘の通りゴーレムが崩れ落ちた場所には魔核と共に綺麗な輝きを放つ剣が落ちていた。

名前の通り、ダイヤモンドで作られた剣なのだと思う。

ダンジョンのボスは何らかのアイテムをドロップすることがよくある。そしてドロップされたアイテムというのは大抵高額で取引されるマジックアイテムだったりするので、この時点で彼らのダンジョン探索は大儲(おおもう)けが約束されたようなものだ。

「皆さん怪我はないですか？」

戦闘が終わったので、治癒士さんが皆の治療(ちりょう)に向かっていく。戦闘中は完全に癒(い)やす時間がなかったのだが、へたりこんでいるトーマスさんなどは結構怪我を負っていたらしい。

後は奥のテレポーターで帰るだけなので慌てる必要はないだろう。

僕がそんな風に考えて彼らを見ていると…………。

「お前ら、武器を捨てな！」

いつの間にか10人ほどの悪人面の男たちが背後に立っていた。

「動くなよ？　少しでも妙な素振りをみせたらこいつがどうなっても知らないからな？」

突然現れた男たちは僕を取り囲む。

そしてリーダーと思われる男が僕に剣を向けてきた。

『あー、すいませんマスター。何か生き物がいるとは思っていましたけど油断してましたよ』

イブの声が響く。

（仕方ないさ、ボス戦に集中してたし……）

今回のダンジョン探索の主役はあくまでもトーマスさんたちだったので、僕はイブに索敵情報を聞かなかった。

自分が戦わないのだから報告は不要と言っておいたからだ。

探索者はダンジョン内の全てに責任を持つ必要がある。なので、こういった輩の捌き方も彼らの仕事になるのだろう。

「トーマスさん。この人たちは……？」

「……こいつらはダンジョン専門の盗賊だ。こうしてボス部屋の前に潜伏して、ボスが倒されたらその報酬やコアを横取りするんだ」

トーマスさんはそう言うと警戒を最大にして盗賊たちを睨みつける。

その並々ならぬ敵意をみて僕は気付く。


——もしかするとこのまま見捨てられるんじゃないか？——


彼らにしてみれば僕はただの荷物持ち。出会って2日のひよっこ探索者だ。

むざむざ要求を呑んで助ける必要がない。

（イブ。武器の用意をしておいてくれ）

それどころか、僕が彼らを手引きしたと疑っている可能性もある。そうなれば僕は前後を挟まれたことになってしまう。

僕はこの場の全員の挙動を油断なく観察を始める。

「よし。まずは全員武器を捨てろ！」

盗賊のリーダーはまずトーマスさんたちの無力化を優先した。

僕を人質にして言うことを聞かせられると思ったのか……それは恐らく不可能だろう。

なぜなら彼らの装備には相当金がかかってる。

今までのダンジョン探索でこつこつと揃えていったのだろう。それを捨てるということはこの先の探索者生活に支障をきたすことに直結する。

つまり。この先の展開も容易に読める。恐らく拒否をした瞬間にリーダーが襲いかかってくるに違いない。

自分の身は自分で守るしかないのだ……。

僕は臨戦態勢を整えると……。


——ガシャン！　ガシャガシャ！——


「えっ？」

全員が装備を投げ捨てた。

「へっへっへ、物分かりが良いじゃねえか。てめえらそこを動くんじゃねえぞ」

手下たちが武器を回収していく。ゴーレムを砕く事のできる特製メイスも。魔法の威力を増幅できる杖も。念入りに手入れしていた弓も。使い込まれた両手剣も……。

この探索を共にした……いわば彼らにとっての半身のような存在を。

「……トーマスさん。どうして？」

自然と疑問が口から出てしまう。

その意味は「どうして僕を見捨てなかった？」だ。

すると僕の言葉が正しく伝わったのか彼らは笑って見せると……。

「エリク君が無事ならそれでいい」

「そうよ。装備はまた買えばいいし」

「今は自分の身を守ることだけを考えてください」

トーマスさんが、女魔道士さんが、女治癒士さんが僕に向かってそう言ってくれる。

女戦士さんも男戦士さんも男弓使いさんも気にするなという素振りで応じてくれる。

「へっ、甘っちょろい奴らだぜ。おかげでこうして楽にお宝ゲットできるんだからな」

本当にそうだ。普通なら見捨てる場面なのに……この人たちときたら……。

「すいません皆さん」

僕は謝罪を口にする。

「おうそうだな。おまえみたいなゴブリンの腰巻がいなきゃこいつらも抵抗できたんだからよ」

その謝罪を盗賊たちが笑い飛ばす。

「別にそう言う意味で言ったわけじゃないですよ」

次の瞬間。僕の手に得物が現れる。

「なんだぁー？　逆らう気か？　このくそガキぶっころしてや――ペブッ」

「「「「ななななあっ！」」」」

トーマスさんたちが一斉に口を大きく開けて惚けている。

「うーん、ポテンヒットかな？」

勢いよく飛んでいき壁にぶち当たって崩れ落ちるリーダー。痙攣しているので命までは失っていないようだ。

「なっ、てめぇっ！　そんな丸太何処から……パギュッ！」

近くで叫んでいる盗賊の1人に一足飛びで距離を詰めると丸太を振るう。

【祝福】でパワーアップしているので殺さない様に慎重に……。今日はヒット狙いだな。

「ひっ！　なんだこいつっ！」

「ひるむなっ！　全員でかかれっ！」

「あんな攻撃ありなのかよっ！」

問答無用で敵をポテンヒットしていく僕に盗賊たちは恐慌をきしたようだ。

碌に連携をとることすらできず、気が付けば全員が壁にはりつけられていた。


「本当にすいませんでした」

戦闘が終了すると僕は彼らに頭を下げる。

実力を隠していたことにではない。

良く知りもしない人に自分の力を見せないのは当然だ。

「なぜ謝るんだ？」

トーマスさんは僕の謝罪理由を聞く。

「皆さんが僕を見捨てるんじゃないかと一瞬でも疑ってしまったことについてです」

正直心情を吐露するのは怖い。

だけど、トーマスさんたちは僕のために全てを捨てようとしてくれたのだ。そんな人たちを前に自分を偽るのは何より許せない。

僕は罵倒(ばとう)の言葉を待つのだが………。

「本当にお前は馬鹿(ばか)な奴だなぁ」

トーマスさんはそう言うと僕に近寄ってくる。

「わっ‼」

そして乱暴に頭を撫(な)でまわすのだった。


「団長。全員武装を解除して縛(しば)ったぞ」

目の前には盗賊たちが身ぐるみを剥がされた状態でロープに縛られて転がされている。

やったのはトーマスさんと戦士の2人。他のメンバーは盗賊が反撃してきた時に人質にされると
まずいので背後に控えている。

「この人たちって殺さなくて良かったんですか？」

ダンジョンで強盗(ごうとう)をするなんて死刑(しけい)になっても当然の所業だ。

「ひぃっ！」

盗賊の何人かは意識を取り戻しているのか、僕の発言に悲鳴をあげた。

「犯罪者だから基本的に殺しても問題はない、だけど生かしたまま連れ帰れば犯罪奴隷(どれい)としてギル
ドに買い取ってもらえる」

なんでも、普通の人がやらないような過酷(かこく)な仕事をやらせるらしい。

「それはそうと、結構良い装備してるんだな」

目の前には盗賊たちが身に着けていた武器や防具が転がっている。

反った刀身のシャムシールだったり、バトルアックスだったり……。

盗賊稼業で奪ったものなのだろう。奪われた人たちが可哀想だな……。

僕が考えていると……。

「よし、コアも取ったしこいつらを引き渡さないといけないからそろそろ戻るか」

ダンジョン内での処理を終えたトーマスさんがメンバーに声をかける。

そこで僕は当初の目的を思い出した。

「そうだトーマスさん。お願いがあるんです」

「ん。なんだ？」

「実はダンジョンコアがほしくて……。売ってもらえませんか？」

市場を通さないことで安値で買うために僕はこうして同行をしたのだ。

「構わないぞ。金貨60枚でなら売ろう」

「えっ？　それだと随分安くないですか？」

コアの店でのランクⅣの買い取りは70枚。それより少し多く支払うつもりだったのだけど……。

「エリク君の今回の働きがなければ入手できていないからな。問題ないさ」

そう言ってメンバーにも許可をとったトーマスさん。

「ありがとうございます」

こうしてコアは僕の手に収まったのだが……。

「そうだ、今僕金貨が足りないので戻ってお金を作ったら支払いたいんですけど……」

毛皮骨肉店に行けばそろそろ解体も終わっている頃だろう。その報酬と合わせれば支払い可能だと考えていると……。

「なら、あたしにそっちのバトルアックスを売ってくれないか？　今使ってるのより良い品だし」

「あっ、俺もそっちのシャムシールを予備の武器にほしいんだよな」

戦士の2人が妙なことを言い始めた。

「えっ？　何を……？」

なぜ僕に許可を求めたのかわからない。

僕が疑問を浮かべているのがわかったのか、男弓使いさんが言った。

「盗賊なんかの装備は倒した人間の物になる。パーティーを組んでる場合は仲間で分配するけど、今回エリクは荷物持ちとして参加しているからな。規定でダンジョン内の分配に参加する資格がない代わりに、倒したモンスターのドロップは個人の物になるんだ」

それは探索者ギルドの優遇措置のルールだった。

基本的にレベルにあったモンスターの相手をするのだが、新人に経験を積ませるために先輩方が見守る中戦うことがある。

その時に運よくレアドロップをすると揉め事が起きかねない。なのであらかじめルールが規定されているらしい。

そして、それはモンスターに限った話ではないらしく、盗賊などの犯罪者にも適用される。つまりは……。

「この盗賊たちを突き出して得る金もエリク君の物ということよ」

女魔道士さんが当然のように言った。

とりあえず混乱しつつ、街に戻ったら諸々(もろもろ)を清算する約束をした。

荷物持ちの報酬と今回の盗賊の売買金。さらにその装備も丸々僕の物になるということで結構な金額になるらしい。

僕は「皆の力で得たのだから報酬は山分けしましょうよ」と頑固(がんこ)に主張してみせたのだが、誰も首を縦に振ってくれなかったので、そのまま受け取ることになってしまった。

若干「いいのかなぁ」と考えていると……。

『いいんですよ。新しいコアも手に入ったし、その収入で他に色々できそうじゃないですか』

イブの楽観的な言葉を聞いているとそんな気もしてくる。

トーマスさんたちへの感謝は忘れないでおこう。僕はそう考えていてふと、どうしてもやっておかなければならないことができたので、盗賊のリーダーに近寄って行くのだった。


あれから、ダンジョン探索成功を祝って酒場へと繰り出した。

嬉しいことに僕もその打ち上げに呼んでもらえて、そこで楽しい時間を過ごさせてもらった。

トーマスさんからは探索者を続ける上での仲間との信頼(しんらい)関係について。

女魔道士さんからは後方火力の魔法の使いどころについて。

女治癒士さんからは全体を見渡す観察眼について。

男弓使いさんからはどんな戦局でも冷静に対処するように。

女戦士さんからは武器の取り扱いについて。

男戦士さんからは、料金が安くて可愛い女の子がいるお店について聞いている最中だったのだが、なぜか女魔道士さんと女治癒士さんが来て話を中断させられた。

とにかく、全員が初心者のためになる話をしてくれた。

そして僕も色々聞かれたので、既に見せている部分についての話をした。

ザ・ワールド内からアイテムを自由に取り出せることとか、アカデミー試験でクリーンがいかに役に立ったかなど……。

とにかく楽しい時間はあっという間に過ぎて行き、気が付けば……。

「じゃあ、皆ちゃんと帰れよ」

「ねえ、エリク君。私と一緒に呑みなおしましょうよ」

「エリク君はまだ未成年ですよっ！　私が送っていきましょうか？　宿はどこですか？」

夜も更けて宴会が終わってしまった。

「お前たち、エリクが困ってるだろ」

男弓使いさんが間を取りなしてくれる。女魔道士さんと女治癒士さんが揉めているようだが、その間に僕は皆に頭を下げるとその場をあとにした。

＊

とある場所の洞窟の奥で賑やかな宴会が行われていた。

「ひゃっはー、今日も間抜けな探索者たちからダンジョン攻略の報酬を奪ってやったぜええ」

男たちは機嫌良さそうに酒をあおっていた。

「そういえばロジャーの馬鹿が返り討ちにあったらしいな」

「へえ、お頭。なんでもランクⅣのダンジョンを攻略していた『銀の盾』を狙っていたみたいですね」

「ふーん、なるほどなぁ。あそこは最近伸びてきてる上にトップがなかなかの手練れだからよ。ロジャー程度じゃ負けても無理ねえな」

お頭と呼ばれた男は酒をあおると口元を拭い……。

「ちっ！　そうするとこのアジトも引き払わなきゃいけねえな」

苛立ちを露わにした。

そう、ここは探索者狙いの盗賊たちのアジトだったのだ。

「おい、部下共に荷物を纏めるように言っておけ」

「は、はいっ！」

駆けて行く部下を見送ると……。

「ったく、足手まといが」

すぐに足が付くことはないだろう。ロジャーも拷問には耐性がある。たとえ手練れの拷問官が相手でも半日は持つだろう。

ここを引き払う程度の時間は十分にある。

お頭がそんなことを考えていると……。


――ズズズンッ――


「うわっ！」

「何事だっ！」

揺れとともに周囲が騒がしくなってくる。

「ど、洞窟の入り口が土で塞がれましたっ！」

部下の報告にお頭は驚きを露わにすると。

「もう街から兵士が派遣されてきたのかっ！　拷問専門の恩恵持ちに吐かせたにしても早すぎるだろっ！」

ロジャーが捕まったのは昨日だ。今は深夜を過ぎて後数時間で朝日が昇る。

討伐隊がくるにしてもそんな時間から出発するわけがない。

さらに、このアジトは隠蔽工作をしている。

地理的に場所を聞いていてもそう簡単にたどりつけるはずがないのだ。

――ドカンッ――


続いて聞こえる爆発音。火の魔法によるものだ。

「て、敵襲っ！　中に入り込んでます」

「ちっ！　恩恵持ち魔道士が2人か……」

属性魔法をこのレベルで扱っているのだ、余程の手練れの魔道士が複数人入ってきたに違いない。

「探してぶち殺せっ！」

信じ難いことだが、どうやら街の連中が強硬策に出たようだ。

少数で突入してかき乱す作戦らしい。

敵の考えを見抜いたお頭は即座に指示をだすのだが……。

「うわっ！　今度は水ですっ！」

「ぐぁっ！　風の刃もっ！」

確認するだけで4属性の魔法が飛び交っている。

魔法職が4人。ということは他にも前衛がいるはずだ……。

それ程の動きがあったのなら街に潜伏している偵察から報告があるはずなのだが……。

「くそっ！　どうなってやがる！」

お頭は焦りを浮かべると怒鳴り散らす。そんな彼の前に……。

「あなたがここのリーダーですね。教えてもらった通りの姿なのですぐわかりました」

年の頃は恩恵の儀式を受けたばかりにみえる少年が立っていた。

「お、おめえは……」

お頭の勘が告げている。ただのガキではないと。

「死にさらせやっ！」

幸いなことに少年は手ぶらで腕を下ろし、隙だらけだった。

お頭は武器を抜き放つと一足飛びに距離を詰め武器を振るった。

まさか攻撃をしてくると思わなかったのか、少年は無抵抗のまま斬られる。そして……。

「もうこんなところまで侵入してるとはな……」

剣を鞘にしまうとお頭は苦々しい顔で死体を見る。すると……。

「よくもやってくれましたね？」

その少年は身体の半身を斬られた状態で立っていて。そして腕を振る。

すると場面が変わり、洞窟ではない薄暗闇の空間にお頭は引きずり込まれた。

「なっ！　何だってんだくそっ！」

突然の事態に混乱したお頭は油断なく武器を構えるのだが……。

「この恨み晴らさずにおくべきか」

「お前らのせいで俺たちは死んだんだ」

「道連れにしてやるからなぁ」

気が付けば周囲にはたくさんの人間が……いや、亡霊が集まっていた。

その顔に覚えがある。お頭が以前斬り殺した探索者たちだ。

「ひっ、く……来るなっ！　こないでくれぇえ」

無数の亡霊に取りつかれたお頭は失禁すると意識を手放すのだった……。

＊

『マスター。これで制圧完了しました』

「ん。お疲れさん」

イブの報告を聞くと僕はゆっくり歩きながら洞窟に入っていく。

入り口を潜ってすぐの場所には、火の魔法がぶち当たって焦げた壁や、水弾や風刃を受けて怪我をしている盗賊が倒れていた。

『それにしてもあっさりと片付きましたねー』

「まあ、分かり辛い場所にアジトがあったから油断してたんだろうな」

昨日。僕はトーマスさんたちが盗賊を連れて行く前にリーダーの男から情報を得た。

普通にやっても短時間で話すとは思えなかったので【幻惑】を使って情報を引き出した。

このアジトの場所もお頭の顔も、リーダーの頭を読み取って映像を投影させたので直ぐにわかったのだ。

なぜ僕がアジトを襲撃したのかについては幾つか理由があった。

盗賊に奪われた人たちを可哀想と思ったのが1つ。

今後も探索をするつもりだが、その度にこういった手合いに邪魔されては迷惑なので、先に潰しておくべきと考えたのが1つ。

『マスター。お宝はこっちですよー』

後の1つは……。

「予想通りだな」

そこには低ランクのダンジョンコアが積まれていた。属性で言うとランクⅡなどがちらほらと。他には……。

「透明の大型が3つある」

奪っておいて使い道がなかったのだろう。そこには特殊コアが3つ置かれていた。

『ふふふ、これでまたザ・ワールドが拡張できますねマスター』

「そうだな！　それじゃあ目的の物を回収するとするか」

盗賊の所有物は倒した人間に権利がある。それがこの世界のルールなので、僕はコアの他にも使えそうな武器防具などをザ・ワールドへと放り込んでいく。

『そこの盗賊たちはどうするんですか？』

そう言われて考え込むと……。

「んー、今はこれ以上目立って詮索されるのは嫌だから放置するよ。逃げられない様に縛っておけばそのうち街から討伐隊がくるだろう」

お金にはなるのだろうけど、今後の動きに制限がかかってしまうことを危惧した僕は、そう判断するとアジトの倉庫を空にして外に出た。

「朝日が眩しい」

そうすると丁度太陽が昇り始め、欠伸がでる。

「ふぁーあ。とりあえず街に戻ったら一度寝るか」

徹夜の作業だったので流石に疲れた。

僕は朝日が昇る中、のんびりした足取りで街へと帰っていくのだった……。

4

「あっ、駄目ですよカイザー」

何かが飛ぶ音とイブの声が聞こえる。

「クエー」

カイザーの鳴き声がすると頬が何かに突かれる。

「マスターはお疲れなんですから休ませてあげないと」

「クエッ?」

目を開けるとカイザーが覗き込んでいた。

「よしよし、一緒に寝ような」

「クエックエッ」

突いてきたのはカイザーだった。

これ以上くちばしを使わせないように抱きかかえると、羽毛の柔らかさと共に温かさが伝わってくる。

「クエ〜〜」

目を瞑りながらもアゴを撫でてやるとカイザーは気持ちよさそうにしながら身体を預けてきた。

僕はその声を聞きながら二度寝するのだった。


「ふぁ〜あ。おはよう」

どれだけ経ったかわからないが、カイザーの抱き心地が良かったのでスッキリと目が覚めた。

「もうお昼を完全に過ぎてますよマスター」

そう言ってイブは僕にクリスタルバードのゆでたまごを運んでくる。

僕が起きるのに合わせて料理したようだ。

いつものように殻をむいて食べる。

トーマスさんたちとダンジョンに潜っていたので実に数日ぶりだ。

食べたことで確かな力の上昇を感じるのだが……。

「せっかくだからたまには違う料理を食べてみたいよな……」

これだけ広い空間があるのだ、用意しようと思えばキッチンとかも作れるだろう。

そうすればいつでも料理ができるのではないか。そう考えついた僕はのちほどザ・ワールド内を改造する計画を考えるのだった。

「それよりもマスター。新しいコアなんですけど……」

イブは相変わらずの美少女具合を幻惑魔法で見せると僕に話しかけてくる。

何故か無駄に髪形（かみがた）や服装をかえてくるのはサービスだろうか？

「ああ、寝る前に解析（かいせき）を頼んでおいたやつね。結局どうだった？」

盗賊たちのアジトで特殊コアを3つ入手していたのだ。

眠気が限界ということもあり、イブに解析だけ指示して起きてから効果を聞こうと思っていたのだが……。

「じゃあ、説明を投影しますね」

イブがそう言うと目の前に効果が表示される。

【錬金術】……薬や毒物などの調合が可能になる【スキル】。熟練度が上がれば調合品の効果を高めることができる。

【鍛冶（かじ）】……武器や防具の修理・作製が可能になる【スキル】。熟練度が上がれば高品質の武器防具を作製することができる。

【付与】……様々なアイテムに触媒を用いて属性や魔法を付与することができる【恩恵】。


「ふーん。錬金術と鍛冶はスキルで、付与は恩恵か……」

スキルは熟練度がない状態からスタートになり、恩恵は熟練している状態となる。

それぞれの能力の意味は説明通りだろう。

「早速使ってみますか？」

イブはそう言うのだが、手元にあるのは盗賊たちの使っていた武器防具だ。

なんというか悪人が使っていた物をそのまま使うのは気分的に遠慮したい。

「いや、とりあえず後回しだな」

どうせなら材料集めから自分でやってみたいし。

「では今日はどうします？」

イブの質問に元々考えていた予定を話す。

「まず、イザベラさんのところに行こうか。依頼が終わってるかもしれないし」

ルームから出ると、時刻は昼と夕方の丁度中間だった。

僕はイザベラさんの毛皮骨肉店を目指して歩いていたのだが……。

（なんか凄い人だかりができてるな）

『本当ですね、何かあったんでしょうかね？』

人だかりの先に掲示板が見える。掲示板には何かが貼られていて皆はそれを読んでいるようだ。

『寄っていきますか？』

（いや、イザベラさんが待ってると思うし後でいいよ）

人混みに入ってまで知らなくてもそのうちわかるだろう。そう考えるとその場をあとにした。

「こんにちはー」

毛皮骨肉店に到着すると僕は店の奥に呼びかける。

「あっ！　エリク君待ってたよ」

イザベラさんがエプロン姿で出てきた。

「すいません、お待たせしましたか？」

僕が聞くと……。

「さっき終わったところだから丁度良かったよ」

「そういえばさっき大通りを歩いてたんですけど、人が集まってましたね。何かあったんですかね？」

軽い雑談のつもりで話を振ってみると……。

「なんでも、有名な盗賊団が捕まったらしいよ。冒険者のお客さんが嬉しそうに言ってた」

先程の人だかりは、今朝方僕が壊滅させた盗賊団が捕まったという告知だったようだ。

どうやら僕らが捕まえた盗賊たちから情報を得たらしく、討伐隊が組まれたらしい。

「でもね。妙なことがおきたみたいなんだよ」

イザベラさんは指を立てると眉間に皺をよせて悩ましい顔をする。

「妙なこと?」

「うん、討伐隊が盗賊団のアジトに突入したらしいんだけど、盗賊たちは既に全滅させられていたらしいんだよね」

「へぇーそれは不思議ですね」

「それで、誰がやったかが問題になってて、掲示板で目撃情報を募ってるみたいなんだよね」

「そうなんですね。それは見つかるといいですね」

イザベラさんの世間話に受け答えしてると……。

『マスター白々しいですね。昨日は盗賊団をあんな方法で倒したくせに』

イブがちょっかいをかけてきた。ちょっと幻惑魔法でトラウマを植え付けたり、属性魔法で倒しただけだろうに。

「それはそうと、解体した様子を見せてもらえませんかね?」

「あっ、うん。奥へ案内するね」

僕が仕事の話をするとイザベラさんが前を進んでいく。

無事に盗賊たちが捕まったのならこれ以上喜ばしいことはない。

これで街の人たちも安心して暮らせるし、僕はコアやら資金を手に入れられた。

問題は、ランクⅡとかのコアかな。売りさばこうにもこの状況で持ち込めば怪しまれるに決まっている。

　ほとぼりが冷めるまでしばらく待つべきだろう……。

「これが、私が解体したモンスターだよ」

　イザベラさんが指し示した先には解体されたモンスターの肉と毛皮、牙や爪などが並べられていた。

　そしてそれとは別に魔核が並べられていて、こちらは販売する物ではないので早々に回収させてもらう。

「私はまだ見積りできないから親方にお願いしたけど、販売価格を計算するとエリク君の受け取りが金貨16枚で私の方が4枚になるよ」

　それは最初に約束していた通りの分配だった。

「この内容で問題なければ取引成立なんだけど……どう？」

　見積もったのは親方さんらしいので計算はあっているのだろう。

「ええ、それで結構です。宜しくお願いします」

　そう言うとイザベラさんはお金を持ってきた。そして僕に渡すと………。

「えへへへ、エリク君ありがとうね」

「依頼したのはこちらなのでお礼はおかしいのでは？」

「そんなことないよ。こんな大きな仕事を任せてもらえて随分と解体に慣れてきたからね。おかげで今後、もう少し大きな仕事も親方に回してもらえることになったんだよ」

僕が頼んだことでDランクモンスターを無理なく解体したという実績を作れたイザベラさんは喜んでいた。

「ならお互いに得をしたってことですね。僕はこの先もイザベラさんに担当してもらうことで安定した収入を得られて、イザベラさんも解体が上達する」

僕がそういって笑みを浮かべると、イザベラさんは何故か顔を赤くして目を左右に動かし始めた。

そして耳元で髪を弄っていたかと思えば……。

「そっ、そうだ。鍛冶屋にいかなきゃいけないんだった。解体用の道具を修理しなきゃ……」

そう言って目を向けた先には壁に立てかけられている解体用の刃物が並んでいた。

「あれを修理に出すんですか？」

見たところ、刃こぼれをしているように見える。

「うん。今回のモンスターは結構硬かったからね。刃物の摩耗とか欠けがでちゃったから修理しないといけないんだ」

あれだけの刃物を修理していたら今手に入れた収入なんぞ無くなってしまうだろう。

「もし良ければその刃物、いったん預からせてもらえませんか？」

「へっ？　………なんで？」

唐突な申し出にイザベラさんは目を丸くする。

そんな彼女に僕はあることを提案した。

「僕、良い修理業者を知ってるので持っていこうかなと思って」

この後鍛冶スキルを試すつもりだったので、ついでに修理もすれば丁度良い。

「えっ！　そんなの悪いよ……？」

遠慮気味なイザベラさん。ここは是非僕にやらせてほしかったので強く押すことにする。

「そんなことないですって、その業者も今仕事がなくて暇みたいなんで、こういうのでもやらせてもらえれば助かるんですよ。格安で引き受けますけど駄目ですかね？」

そう頼み込むとイザベラさんは少し考えこんだ末に……。

「うん、エリク君がそこまで言うならお願いしようかな。私の相棒を宜しく頼むよ」

「わかりました！　任せておいてください！」

その言葉に僕は胸を叩いて応じるのだった。


『マスター鍛冶で武器作りに行くんですよね』

先程の会話を聞いていたイブは僕の心のうちを的確に読み取る。

（そうだな。修理だけだと勿体ないから【鍛冶】もやっておくつもりだよ）

『だったら武器に使う金属を仕入れなくて良いんですか？』

確かに武器を作るのには材料が必要だ。だけどそれに関しては問題ない。

目的地に着くと僕はドアをあけるのだった。

「すいません。鍛冶工房のレンタルをお願いしたいんですけど」

「いらっしゃいませ。1日銀貨20枚になります」

店の中に入ると気の良さそうな女の店員さんが受け答えをする。

ここは様々な施設を貸し出してくれるお店だ。

ポーションを作製する為の器具であったり、装備を修理するための研磨道具や炉など……。

普通に購入すると高額な道具だが、ここでレンタル代を支払うことで使い放題になるのだ。

この施設を利用して、武器防具の簡単なメンテナンスや、自分たちが冒険で使うポーションを作製して費用を浮かせる人間もいるのだ。

『なるほど。確かにこれなら修理はできますけど……』

あまり納得してなさそうなイブの声を聞きつつ僕は店員さんと話を続ける。

「すいません、インゴット売ってください」

「はい。今の在庫はこちらです」

そう言って店員さんがリストを見せてくれる。

そう、ここ『レンタル工房』は各種材料の販売も行っているのだ。

生産系の人間が集まる場所でその手の材料を販売する事で効率よく売り上げを伸ばすという上手いやり方をしている。

「流石にオリハルコンは高すぎるから……今後も考えると……」

オリハルコンはインゴット1つで金貨1000枚だ。因みにインゴットは1つでショートソードを1本作れるように大きさを調整されている。

「よし、ヴェライトインゴットを2つお願いします」

ヴェライトとはそこそこレアな鉱石(こうせき)で、中堅(ちゅうけん)の探索者たちが好んで装備する鎧や武器などに使われている。

「はーい。2つで金貨100枚です」

なので、現在の僕の手持ちでも何とかなるのだ。

それ以上のミスリルとかになれば金貨500枚を超えるので、これらの材料はできれば購入しないで採掘(さいくつ)で手に入れたいところだ。

そんなわけで、インゴットを手に入れた僕は案内されて工房へと入って行くのだった。

「さて、先に修理をしようか」

フリーテーブルに僕はイザベラさんから預かってきた刃物を並べる。

取っ手の部分に血がしみ込んでいたり、刃物が欠けていたり錆(さび)が目立っていたり。解体の仕事が大変なのが良く分かる傷み具合だ。

「まずはこの汚れなんだけど……【クリーン】」

僕が刃物にクリーンの魔法をかけると先程までの汚れが嘘のようにピカピカになる。

錆もとれており、これだけで切れ味が戻ったように感じるのだが……。

「細かな刃こぼれは直ってないからね。研(と)ぎなおすとしますか」

僕は備え付けの設備に腰かけると……。

「すいません。お隣(となり)宜しいですか?」

「ああ、構わないよ。そっちもパーティーの武器の修理かな？　大変だね」

ここは鍛冶をする人間が共有するスペースなので、お互いに声をかけ合って使うのが望ましい。

「あははは、そんなところです。お互い大変ですね」

錆落としから研ぎなおしは上手さの上下はあるけど一般人でもできる。

なので、探索者の1人が代表して武器を預かり、こうして利用して仕上げるのは珍しくない。

鍛冶屋にメンテナンスに出すのは、ある程度ガタがきてからにする人が多いのだ。

この人は当番なのか、大量の武器を背後において研磨をしている。

「よし。それじゃあやろうかな……」

とはいってもやる事は簡単だ。刃物を水で濡らし、砥石にかけていく。

途中、目詰まりすると研げないのでこまめに洗い流すだけ。僕は【鍛冶】のスキルに身を任せて一心不乱に刃物を研ぎ続けた。

「よーし、大体こんなものかな」

それから数時間程して作業を終えた。

「おおっ、早いな」

お隣さんはまだ半ばらしく羨ましそうな目で見られる。

僕は切れ味が戻っているかの確認をするために試し斬り用の木材をセットする。

「よーし。これを振って斬れるようなら問題ないかな」

僕は自分の研ぎ方が正しかったのかワクワクしながら刃物をゆっくりと振ると………。

――スルリ――


「えっ？」

次の瞬間、木材が斬れ落ち綺麗な切断面が転がっていた……。

『うわー、凄い綺麗な切断面です』

イブの声で思考が戻ってくる。

僕はまじまじと木材を見ると、もう一度セットして同じことをしてみる。

木材の上に刃物を乗せ、すっと引く。すると、まるで抵抗がなく木材はスパンと切れてしまった。

どうやらこの【鍛冶】も僕のザ・ワールドで強化されているらしく、本来の恩恵やスキルとは別物になっていたようだ。

「ま、まあ。イザベラさんの解体も楽になるしいっかな？」

意図していなかった切れ味に戦慄するが、やってしまったものは仕方ない。多分喜んでくれると思うのでこのままにしよう。

「さて、次は僕のメイン武器作りだな」

『マスターには丸太があるのでは？』

（あれはあくまで緊急時に振り回してただけなんだけどさ……）

確かに重量感があり、下手な武器よりもリーチが長いので味方を巻き込むことを気にしなければありだ。

だけど、絵面が格好良くないし、何よりもどうせなら剣を持ってみたいと考えていた。

そんなわけで僕が作るのは2本のショートソードだ。

まず、先程とは違う場所に行く。

炉は全部で4つ程用意されていて、いつでも鍛冶ができるように火が入っている。

僕はそこにヴェライトのインゴットを置くと熱で軟らかくなるのを待つ。

そして軟らかくなってきたら金床に載せハンマーを振るって中の空気を抜く。

しばらくして空気が抜けたのでハンマーを振るい形を整えていく。

最後に粗熱を取って磨き上げれば…………。

「格好良いかも……」

周囲の人間も途中から手を止めてこちらを見ていたようで僕の剣に見惚れていた。

自分で打ったとは思えない程のできばえだ。刀身はツルリと輝き、手に持つ重さのバランスも丁度良い。右手と左手用に刃の角度を変えているので振り回しても問題はない。

そしてグリップの上の剣の真ん中にはちょっとした窪みを設けてあるのだが……。

「さて、切れ味の確認をしなきゃな……」

先程は木材がすっぱり切れてしまった。作っている時の感覚では解体用の刃物より斬れそうだ。

なので僕は盗賊からもらってきた盾を立てかけると切れ味を確認することにする。

恐らくだが、金属製の盾だし多少欠けさせるぐらいの威力は期待できるんじゃないだろうか？

もしそうなら今の時点で合格点だ。僕は次の工程を考えながら剣を振る。

「えいっ！」

――ゴトリ――


何の抵抗もなく盾が真っ二つになった。

周囲の人間が大きく口を開けて驚いている。中にはハンマーを足に落として飛び跳ねている人もいた。痛そうである……。

「えっと……、あはははは」

僕は笑うことでその場をごまかすのだった。


「くそー。もう少し色々作りたかったな……」

あれから、周囲が注目し始めたので、僕は何かを言われる前に引き上げてきた。

今は陽も落ちたのでザ・ワールド内に戻っている。

「仕方ないですよ。あれだけ目立つと流石に……」

イブがカイザーを膝に乗せて頭を撫でてやっている。

もちろん幻惑魔法による映像なのだが、カイザーの寛（くつろ）ぎようをみると本気でそこに身体があるように錯覚（さっかく）しそうになる。

「しかし【鍛治】も十分やばいな。こうなるとあれをやったらどうなるのか……」

「ん？　マスター何か考えがあるんですか？」

そう、実はこのショートソードの威力を上げるためにある方法を考えていたのだ……それは……。

「うん。実はこれを使おうかと思ってさ」

そういって手に取ったのはダンジョンコアだ。

「そんなランクⅡのコアなんてどうするんですか？」

イブが首を傾げると髪の毛がさらさらと零れ落ちる。段々と精巧な映像になってきてるのでどれだけ無駄に力を入れているのだろうと気になってしまう。

僕は作った2本のショートソードの窪みに火のコアと水のコアをそれぞれ嵌めこむ。そして………。

「右のショートソードに火属性及び、火の魔法を付与。左のショートソードに水属性及び、水の魔法を付与」

手をかざして【付与】を発動させる。そうするとショートソードの刀身が輝き始める。

「マママ、マスター一体何をっ！」

イブが慌て始める。そんな表情まで作ってるなんて本当に芸が細かいな。

「【付与】の恩恵は触媒を用いて属性や魔法を付与することができる」

「そ、そうですけど……それが何か？」

そうこうしている間にも刀身は輝き続けている。

「普通なら付与士が魔法を伝わらせる金属――ミスリルなんかに長時間かけて魔法をしみこませるものらしいけどね。これなら短時間でできるのかなと思ったんだよ」

そうこうしている内に輝きが収まり始め、僕も手をかざすのを止める。

やがて輝きが収まるとそこには2本のショートソードが置かれていた。

「む、無茶苦茶過ぎませんか？」

イブが目を見開いて動揺している。

そんな中僕は蒼と朱に染まった刀身を見ながらうっとりする。

「うん。蒼朱のツインエッジだな！」

朱の剣を振ると炎が立ち上がり、蒼の剣を振ると冷気が漂う。

「そんな武器ってありなんですか…………」

イブの驚き声だけがザ・ワールド内に響くのだった。


「さて、次にやるべきはロンダリングかな？」

「ろんだりんぐ？」

イブは首を傾げる。

「イブ。盗賊たちの武器や防具を全部持ってきてくれ」

「わかりましたマスター」

そう言うと、地面が動いて奥から武器と防具が出てくる。

それらは僕の前にピタリと止まった。

そこには盗賊たちから回収した武器や防具が山積みになっている。

「とりあえず、金属と革で分けよう」

そう言って次々に分けて行く。

盗賊たちは結構な人数いたし、装備もたくさんあったのでこれだけで結構な作業だ。

「ふぅ。こんなところかな?」

しばらくして2つに分けた山を見ると。

「それで、次はどうするんですか?」

黙って見ていたイブが口を挟んできた。

「イブ。この金属、種類ごとで分けられるか?」

「見たことがない金属は無理ですけど、ここにあるのならできますね」

「じゃあ、頼んだ!」

それから細かく分けて行く。そうすると全部で4つの塊になった。

「左から順番にメノス鉄とマイア鋼とロマリー鋼鉄とミスリルですよ」

イブの補足説明に僕は頷く。メノス鉄にマイア鋼。これらの金属は鉱石を採掘しやすいのでわりと簡単に手に入るのだ。

ロマリー鋼鉄とミスリルは希少金属に分類されるのだが、恐らくは盗賊の幹部クラス以上が持っていた武器や防具なのだろう。

「よし、それじゃあこれを種類ごとに溶かしてインゴットにしてくれ」

「わかりましたマスター。ここだと熱くなってマスターが快適に過ごせなくなるので離れた場所でやりますね」

イブはそう言うと金属をススーと移動させていく。相変わらず僕への気遣いが凄い。

「さて、次に金属以外のものだな」

宝石類は現状で思いつかないけど、こっそり売りさばけば問題はないだろう。

防具に関しては魔道士用のローブだったり、杖だったりと扱いに困りそうだ。

「革装備は一度解体すれば良いとして、杖もそのうち市場にこっそりと流すか」

形が変えられないのなら目立たずに売ればよい。即座にそう判断をすると……。

「それじゃあ、イザベラさんに解体用刃物を返しに行くとするか」


「こんにちはー」

もはや慣れたもので、僕は毛皮骨肉店を訪れた。

「あっ、エリク君。おはよう」

声を聞きつけたのか、イザベラさんが出てくると嬉しそうに笑った。

「昨日預かった解体用の刃物を持ってきました」

「ありがとう。それじゃあ奥にきてくれるかな」

そう言うと奥へと引っ込んでいく。

「それじゃあ、出しますね」

僕はザ・ワールドから刃物を取り出すと作業テーブルに並べて行く。

「うわぁー、まるで新品みたいだよ！」

イザベラさんは目を輝かせるとそんな感想を口にした。

「へぇ……随分とまあ、腕の良い鍛冶に依頼したんだな。ここまでピカピカに磨き上げてくるなんて」

その声を聞いていたのか、親方も近寄ってくる。そして他の人間も興味を惹かれたのか僕とイザベラさんを囲むように作業台に集まった。

「ここまで丁寧な修理？　むしろ作り直したレベルじゃないか？」

「いずれにせよ尋常じゃねえ手間をかけてるな」

「モンスターの血の汚れ1つねえとか、どうやったらここまで綺麗にできるんだ？」

口々に刃物について意見をしていく。

「そうだイザベラさん」

「ん、何かな？」

「ちょっとした手違いがあって、刃物の切れ味が良くなりすぎてるようなんです。なので、今までと同じ感覚で使用すると怪我すると思うので、慎重に扱ってくださいね」

「うん。わかったよ！」

そんな会話をしていると……。

「だったらこいつを試してみたらどうだ？」

その中の1人がそう言うと何人かを引き連れて離れて行った。

そして数人がかりであるモンスターの死体を運んでくる。

「こいつはランクCのドラゴンパピーだ。幼いとはいえドラゴンの皮膚（ひふ）はメノス鉄に匹敵（ひってき）すると言われてるからな。解体を試すには丁度いいだろ」

大きさはサイと同じぐらいだが、鱗（うろこ）が硬そうなモンスターだ。

「えっ、でも……」

悩む素振りを見せるイザベラさんを親方が後押しする。

「せっかくだし試してみろ」

「わかりました」

皆が見守る中、イザベラさんは刃物を持つ。

先日とうとうDランクモンスターの解体までやらせてもらえるようになったのだが、Cランクはモンスターの強さと希少性も高まる。

なんでも、このドラゴンパピーはどこぞの農場に現れて家畜（かちく）を食らっていたために冒険者ギルドに依頼がきたらしい。

それでCランクの冒険者パーティーが引き受けて討伐したらしいのだが、皮膚が硬く剣が通らなかったので倒すのにかなり苦労したようだ。

そして高ランクのモンスターは死んだからといって皮膚がやわらかくなるということはない。

なので、解体する場合、討伐するのと同じぐらい切れ味の良い刃物が必要になるのだが……。

「まず、そこの首の骨のつなぎ目を落とすんだ。そうすれば背骨をガイドにして解体して行ける。かなり力がいるから気をつけろよ」

「わかりました親方」

解体の仕方を教えてもらったイザベラさんは真剣な顔をする。

「い、いきますっ！」

ドラゴンパピーの首筋にむけて刃物を振る。次の瞬間…………。

「「「「「はっ？」」」」」

ギロチンでも落としたかのようにドラゴンパピーの首がストンと落ちた。

5

「ふう、大変だった」

僕は汗を拭うとその場に立ち止まる。

『皆さん凄い勢いでしたね』

イブの言葉に先程の情景が浮かんだ。

イザベラさんがドラゴンパピーの首を落とすと全員が口を大きく開けて驚いたのだ。

そして全員が一斉に僕を見ると「これはどこで修理した？」「いくらで払えばやってくれるんだ？」と大慌てで質問してきたのだ。

僕は勢いに押されながらも「たまたまレンタル工房にいた鍛冶屋さんにお願いしただけです」と嘘を言って逃げてきたが、イザベラさんには「知り合いにお願いする」と言ってしまっていた。

もっとも、あんな武器を駆け出しの学生が打ったと考えるよりは、ゆきずりの鍛冶屋にお願いしたという話の方が信憑性がある。

イザベラさんには今度改めて訂正しておけばいいだろう。

「それにしても凄い食いつきようだったな……」

儲けられそうなら自分だとバレない対策を用意した上で仕事を請け負うのはありかもしれないな。

そんなことを考えていると……。

「ん？」

目の前で魔導車が停まった。商売用の汚らしい車ではなく、表面が綺麗に磨かれている高級車だ。

「やあ、エリク」

そこから出てきたのはロベルトだった。

「久しぶりロベルト」

周囲の注目を浴びながら僕は挨拶を返す。

「まだあの試験から5日だけどな」

色々やっていたので日が経つのがはやく、既に懐かしさすら覚えていたのだけど。

「それよりエリクは実家に帰らなかったんだな？」

「往復の日数と費用を考えるとね。これまでの時間、仕事して過ごしてたよ。いろいろ入り用になりそうだし」

どうせ戻ったところでトンボ返りするのなら最初からこっちで色々やった方が効率が良い。僕の答えを聞いたロベルトは少し考えると……。

「だったら俺のところで仕事しないか？」

「へっ？」

僕はロベルトの魔導車に乗せられるとどこかへと連れていかれるのだった。


「ここでバイトするのか？」

連れられたのはアカデミー敷地内だった。

なんでも、入学予定の学生は入っても問題ないらしい。

それにしてもこんな場所で仕事というのは何をやらせるつもりなのか……。

疑問を浮かべていた僕だったが、すぐに答えを知ることができた。

「実は引っ越し業者が捕まらなくてな。これを自分で寮の部屋まで運ばなければならない」

そこには大型魔導車があり、家具が積まれていた。

「もしかしなくても、僕の仕事というのは……」

「頼む！　1人じゃ大変なんだ！　エリクならこのぐらいの荷物、簡単に持てるだろ？」

以前助けた時に丸太を振り回してたからか、僕が怪力なのはロベルトも知っている。確かにこれは僕が適任の仕事なのかもしれない。

「同級生のよしみで手伝うよ」

多分これからもお世話になるであろうロベルトだ。ここで金銭的な関係を強化したくなかった僕は無償で引き受けることにした。

「それじゃあ1つずついこうか」

急に信じられない発言をするロベルトに……。

「えっ？　まさか何往復もするつもり？」

「それしかないだろ？」

不思議そうな顔をする。そこで僕はロベルトにザ・ワールドの能力を見せていなかったことを思い出す。

「運ぶ家具はここにあるので全部であってる？」

「ああ、相当な量だからな。気合い入れてやらないと夕方までに終わらないぞ」

確認を取ると僕はそれに右手で触れ、次々にザ・ワールドへと収納していく。

「き、消えた！」

驚くロベルトにむかって。

「あとで出せるから部屋に案内してくれるかな」

そう促（うなが）すのだった。

「へぇー広いな」

そこは随分と広い部屋だった。暖炉や照明は高級品が既に設置されている。

「貴族には色々あるからな、それなりの優遇を受けることになるんだよ」

お茶会を開いたりパーティーをしたりするのだろう。そのためには寮といっても狭苦しい部屋であってよいわけがない。僕は忘れていたが今更ロベルトが貴族だったことを思い出した。

「もしかすると敬語の方がいい？」

せっかく打ち解けてきて、レックスやミランダと話してるぐらいに砕けて話せるようになったのだが、命がかかったあの時とは状況が違う。

もしかするとロベルトも身分の差をわきまえろと思っているのではないか？

そんな風に思って聞いてみると……。

「よしてくれ、俺はエリクを友だちだと思ってる。いまさら敬語なんて使われたら寂しいだろ？」

その言葉に不覚にも嬉しくなってしまうのだった……。

「じゃあ、出してくれね」

そういうと、次々に家具を取り出していく。

ロベルトはそんな様子を驚きつつも見守っている。

「質問しない約束だから聞かないが、丸太の時もそうだが不思議な感じだな」

そういえばそんな約束をしていたな。律義というかフェアというか……。

僕はロベルトなら信頼できると思ったので、少しだけ秘密を打ち明けることにする。

「ちょっと人より大きいアイテムボックスを持ってるんだ」

そう言ってザ・ワールドを開いて見せる。勿論本当の部屋では無くフェイクルームになるけどね。

「手で触れているものを収納したり、出したりできる能力なんだよ。だから家具なんかもこうして運べば労力にならない」

そう言って実演してみせると……。

「ちょっと大きい？　かなり大きいような……。そもそも触れただけで出し入れできるって凄いことなんじゃ……？」

ロベルトが困惑していたけど、秘密を見せたわりに利用しようという気はないようなのでますます好感が持てる。

「そういえば僕の部屋ってどうなるんだろう？　もう住めるのかな？」

学生は全てアカデミー敷地内の寮に住むことが決まっている。

ロベルトが既に引っ越してるのなら僕も住めるのでは？

「貴族は荷物が多いから前もって引っ越ししてるだけだ。一般学生は数日前からのはずだよ」

「なるほど。じゃあ仕方ないか……」

僕は納得する。

なんだかんだで引っ越しはあっという間に片付いた。

せっかくだから、アカデミー内を見て回ろうということになり散歩をしていると……。

「あら、ロベルトではありませんか」

「これはアンジェリカ様。御機嫌麗しゅう」

アンジェリカが建物の前に立っていた。

「ロベルトも引っ越しですか、それにしても……えっ⁉」

話続けていたアンジェリカは途中で僕の姿に気付くと言葉を止める。

「エリク様。どうしてこちらに？」

「アンジェリカ様。御機嫌麗しゅう存じ上げます？」

僕に視線を向けるアンジェリカに僕はロベルトを真似してみた。

「エリク様、学園内では元の身分は関係ありません。どうか呼び捨てでお願いしますわ」

少し困ったような声で寂しそうな表情を浮かべるアンジェリカ。

「えっ？」

その言葉に僕は戸惑いを覚える。

なんせ、侯爵家のロベルトが『様』付けで呼んでいるのに平民の僕が呼び捨てにするわけにはいかないと思ったのだが……。

僕がロベルトを見ると……。頷かれた。どうやら言う通りにした方がいいらしい。

「わかったよ。それじゃあ無人島の時と同じように呼ばせてもらうねアンジェリカ」

「はい、それで結構ですわ」

その言葉にアンジェリカは満足そうな顔をする。

「それで、どうして2人は一緒にいるのですか?」

「エリクには私の引っ越しを手伝ってもらったのですよ」

「まあっ」

アンジェリカさんは驚きを露わにする。

「それより、アンジェリカ様はどうしてこのような場所に立っておられたのですか?」

「実は引っ越し業者がこなくて……それで途方に暮れていたのですよ」

どうやらロベルトと同じらしい。この時期は引っ越しのピークらしく、人手不足で回らないようだ。

「そう……なん……ですか」

ロベルトの歯切れの悪い返答にピンとくる。

恐らく手伝いを申し出たいのだろう。だが、そうすると僕の秘密を誘導するようにバラしてしまいかねない。それを危惧しているようだ。

「よかったら、僕が手伝うよ?」

「え、エリク様が?」

なので僕の方から提案してみる。

「うん、ロベルトの時も言ったけど、同級生になるんだから助け合いは必要でしょ」

一方的に助けるのなら問題かもしれないが、学園生活で僕の手が届かないところがあるかもしれない。そんな時は2人に助けてもらうつもりなのだ。

その後、僕はアンジェリカにもザ・ワールドのフェイクルームを見せて能力の説明をするとあっという間に引っ越しを終わらせてしまった。

「そうだロベルト」

「ん。どうした？」

引っ越しを終えて撤収（てっしゅう）しようと考えていたところで思い出した。

「これ、ほしがってた野菜。同じ味のやつを市場で見かけたんだ。良かったら持っていってくれ」

以前、無人島で【畑】で獲（と）れた野菜をロベルトは美味しそうに食べていた。

そして「できれば家でも仕入れたい」などと言っていたので渡す機会を窺っていたのだ。

「ありがとう。この味が忘れられなかったんだよ！」

とても嬉しそうに受け取ってくれる。そんな顔をされると作り手としてとても嬉しい。ロベルトさえよければこれからも定期的に渡していこう。そんなことを考えていると……。

「ロベルト。それは何なのですか？」

気になったのかアンジェリカが首を傾げる。

「無人島で食べた野菜がありましたよね」

「ええ、あの凄く美味しかった野菜ですね？」

「エリクがそれと同じ味の野菜を市場で見つけてくれたんですよ」

ロベルトは嬉しそうにアンジェリカに説明をする。

「そ、そうなんですか……」

それを聞いたアンジェリカは難しい顔をした。僕がじっと見ていると、気付いたのか視線を合わせると笑顔を作って見せる。

僕はそんなアンジェリカに声をかけると。

「アンジェリカも良かったらどうぞ」

ロベルトに渡したのと同じ野菜セットをアンジェリカにも渡す。

「よ、宜しいのですか？」

「うん、アンジェリカにも食べてほしかったからさ」

遠慮は無用とばかりに笑いかけてみせると。

「あ、ありがとうございます。早速、お城の料理人に料理させますわ」

まるで花束でも貰ったかのように野菜セットをぎゅっと抱きかかえた。

「ん？」

僕は一瞬首を傾げる。何やら聞き捨てならない言葉が聞こえたような……。

「それでは私は戻らなければなりませんので」

アンジェリカは鼻歌を口ずさみながら魔導車に乗り込んでいく。そしてひまわりのような笑顔を見せると……。

「次は入学後にお会いしましょう」

そう言うのだった。

6

「すいませーん。そっちの野菜から果物まで全部一通りください」

僕は売り場のおばちゃんに声をかけた。

『マスター豪快に買いますねー』

ロベルトたちの引っ越しを手伝った翌日。僕は青果市場を訪れた。

「あいよっ！　毎度ありっ！」

元気な声と共におばちゃんが野菜と果物を渡してくれる。

ここは街周辺の農業を営む人たちが集まる市場で、ここにくれば新鮮な野菜や果物を仕入れることができる。

果物や野菜を取り扱う業者であれば銀貨5枚の場所代を支払うことで店を開くことができるのだ。

僕はおばちゃんから渡された様々な野菜類を袋に入れるふりをしてはワールドへと移動させていく。

「よし、新種の野菜がいくつか手に入ったから次に行くぞ」

僕は意気込むとまだコンプリートしていない野菜を求めて市場を駆けずりまわるのだった。

「さて、大体のものは揃ったな」

あれから駆け足で買い物を済ませた僕は、雑多にザ・ワールド内に置かれた野菜類を眺めていた。

「野菜に果物に鍛冶道具一式と随分と売ったり買ったりしましたね」

隣ではエプロン姿に身を包んだイブが飽きれた表情を浮かべている。

本日の格好は先程見た農家のおばちゃんと同じ服装なのだが、こんな姿をしていてもイブの持つ美貌は損なわれることがない。

青果市場の巡回を終えた後、僕は鍛冶屋にも顔を出した。

そこで鍛冶道具一式を購入すると共に、ロマリー鉄鋼やミスリルといったレア金属を売り払ってお金を作ったのだ。

「それじゃあ早速始めるかな」

まず僕は【畑】へと向かった。

そこでは今まで植えた美味しそうな野菜が青々と茂っている。

先日ロベルトやアンジェリカにおすそ分けした【畑】の野菜だ。

「まずは新種をどんどん植えていこう」

僕の【畑】の恩恵は野菜や果物を植えるとそれらの葉が生えてきて、一番美味しく生長した状態で止まるというものだ。

そして【畑】の恩恵はそれだけにとどまらない。

この恩恵は収穫したそばから新たな野菜が生えてくるので、無限に収穫することができる。

なので、どれだけ穫ろうとも野菜が穫れなくなることはないのだ。

無人島から戻っていろいろドタバタしていたが、ロベルトたちに野菜を渡したことでここの拡張を思い立った僕は青果市場に赴く(おもむ)と育てる種類を増やそうと色々な野菜や果物を買い漁(あさ)った。

「それにしても、こうしてみると壮観(そうかん)ですけど、食べるのがマスター1人だと勿体なく感じちゃいますね」

【畑】に新種を植えてしばらくすると、早くも実をつけ始めている。

大きなメロンであったり、大根やカブなどの野菜であったり。

「確かに1人で消費するには勿体ないよな」

せっかくの恩恵の【畑】も1人分を賄(まかな)うだけでは物足りない。

いつでも新鮮な野菜を穫れるというのは魅力(みりょく)的だが、ザ・ワールドにしっかりと補充しておけば市場の野菜でも良いのだから。

「だから僕は考えたんだよ」

「何をですか？　マスター」

不思議そうに首を傾けるイブに僕は言うのだった……。

「明日は青果市場にいくよ」

「それじゃあ確かに銀貨5枚受け取った。あんたらの場所はここからまっすぐ進んだ先にあるスペースだ」

「ありがとうございます」

受付で男の人にお金を支払い礼を言った。

だが、受付の人は心ここにあらずといった表情で僕の隣を見ていた。

僕は特に気にすることなく、歩いていくと指定されたスペースで準備を始める。

「マ、マスター皆こっちを見ていませんか？」

目の前から、この世のものとは思えないほどの美少女――イブが話しかけてくる。

「そりゃイブが可愛いからだろうね。僕の読み通りだ」

僕は袋に手を突っ込むふりをしてザ・ワールド内から野菜と果物を取り出しては目の前の台へと並べていく。

このやり方ならば周囲に恩恵を使っているのを見られることはないのだ。

「えっ？　イブ可愛いですかね？」

どうやら自分の容姿を客観的には見れないらしい。

僕がこうしてイブを表に出したのは売り子をさせるため。

そんじょそこらでは見られない美少女が接客するのだ。多少売り物の品質が悪かろうが客は入る。

ましてや僕の【畑】の収穫物はどこに出しても恥（は）ずかしくない。ロベルトやアンジェリカも今頃舌鼓を打っていること間違いなしだ。

イブの可愛さのおかげで僕の陣取るスペースはとにかく目立っている。なので当然ながら、僕も幻惑魔法を自分にも重ねることで変装をしていた。

「今のマスターは普段よりは少し劣（おと）りますけど格好良いですよ？」

お世辞に対する気遣いなのか、イブがやや照れた表情で言い返してきた。

今の僕は20歳ぐらいの青年の姿をしているので、こちらの方が大人びていて格好良いのではないかと思ったが、どうやらイブの好みではないらしい。

「とにかく今日は1日ここで売りまくってみよう。客引きは任せた」

その言葉と共に店を開く。

それから市場が閉じるまでの間、僕とイブは次から次に押し寄せる客を相手に収穫物を売りまくり。市場開催以来、最大の売り上げをたたき出して周囲を震撼させるのだった。


――カンカンカンカンカンカンカン――


「今日は随分と繁盛しましたねー」

火入れしたメノス鉄にハンマーを振り下ろす。

そうすると確かな手ごたえとともに形状が変化する感触が伝わってくる。

「それにしても、お客さんが話しかけてくるから大変でしたよ」

ある程度ハンマーを打ち付けると、鉄が冷えてしまったのか硬くなってきたので、炉へと放り込む。

炉の中では木炭が燃えており、入れた鉄を軟らかくする。僕は頃合いを見てそれを取り出し、またハンマーで叩き続けた。

「私、あんなにたくさんの人と話したの始めてです。中には口説いてくる人もいたんですけど………」

黙々と完成形をイメージして叩き続ける。雑念は一切捨て、真剣に目の前の鋼材と向き合う。自分が持てる限りの技術を注ぎ込まなければ高い品質のものはできないのだ……。

「…………………………」

何度目かの火入れと打ち下ろしが終わり、最後の工程を終えると……。

「よしっ！　ショートソードの完成だ」

僕は自分が作った武器のできに満足すると、シートの上にそれを並べる。

青果市場から戻ってからずっと打ち続けたのでその数は20本を超えていた。集中して鍛冶をしていたのでどのぐらい時間が経過したのかは分からない。

それというのもこの【鍛冶】スキルは熟練度が上がるタイプの能力だったからだ。

ハンマーを振るえば振るうほどに腕が上がっていき、どこにどのタイミングでハンマーを振り下ろせば良いのか、理解が深まっていくのだ。

最初は数本打ったら終わりにしようと思っていたのだが、上達するのが面白くて止め時を見失ってしまった。

「見ろよイブ。最初に打ったやつと最後ので性能が全然違うぞ」

その喜びを分かち合おうとイブに話を振ると………。

「ねーカイザーやっぱりメロンは丸かじりが美味しいですよねー」

何やら【畑】からメロンを収穫してカイザーを餌付けしている。聞こえなかったのかな？

「クエクエッ！」

美味しそうにメロンを食べるカイザー。雑食なのは知っていたけど果物も楽しめるタイプらしい。羽をバサバサさせて喜ぶ姿は見ていて微笑ましい。

そんな風に考えてしばらく見守っていると………。

「ふんっです！」

イブと目が合ったかと思うと逸らされた。イブは唇をすぼめると「私怒ってますから」と分かりやすい態度をとって見せる。

どこか演技めいて見えるのはあまりにも整った容姿のせいだろう。どのような表情をしても可愛すぎて絵になってしまうからだ。

「……どうかしたのかイブ？」

とはいえこのまま放置するのも気が引けるので聞いてみると……。

「マスターが無視するからじゃないですか。せっかく話しかけてるのに酷いですよ」

「それはごめん。なんか夢中になってて聞こえなかった」

思い返せばイブが話しかけていたような気がするのだが、鍛冶に集中するあまり聞き流していたようだ。本当に悪いことをしたので謝るしかない。

「マスターなんて知りませんから」

最近になって反抗期なのか、イブは感情豊かに拗ねていた。どうやらザ・ワールドとともにイブ自身の精神も成長しているような気がする。

「その……ありがとうな」

なので僕は謝るのをやめると礼を言うことにした。

「えっ？」

意外な言葉にイブが目を丸くする。

「この部屋の温度、鍛冶をしているわりには快適な温度になってる。木炭が燃えてるから息苦しくなるはずなのに空気も澄んでいる。イブが調節してくれたからだろ？　こういう細かいところを黙っていてもフォローしてくれてるのには本当に感謝しているんだ」

話しかけて無視されて腹が立っただろうに、それでもこうして僕が集中できる環境を整え続けてくれたのだから感謝の気持ちを表すべきだろう。

「…………わ、私は別に。マスターに快適に過ごしてもらうのが仕事だから……。か、勘違いしないでくださいねっ！」

珍しくうろたえると顔を隠してしまった。どうやらイブの機嫌を取るのは、なかなか難しいらしい。

「それで、どうしてメノス鉄なんかで武器を作ってたんですかマスター？」

それからしばらくしてイブが話しかけてくるようになった。

「ん。１つは鍛冶の熟練度が上がると解ったから」

【鍛冶】スキルは使えば使うほどに熟練度があがる。今のうちにそれを上げておきたかったのが１

つ。

「材料の中で低ランクの金属を使用した武器を作りたかったことが1つ」

元々、僕が作った武器は安い金属の盾であれば斬るだけの威力を誇っていた。

それは【鍛冶】スキルに僕の高レベルの補正が働いたからに違いない。

つまりレア金属を材料にすると威力が出過ぎるのだ。

先日使ったコアを触媒にした武器なんぞ使おうものなら目立ちまくるに決まっている。なので、普通に使える武器がほしかったのだ。

「なるほど……。それでこんなに作ってどうするんですかね？」

つい興に乗り過ぎたので作り過ぎた点をイブに指摘された。

「……そうだなぁ。潰すのは勿体ないんだよな……」

自分で作った武器をお蔵入りさせるのは勿体ないし、かといって潰してインゴットに戻すのもなしだろう。

「仕方ない……売りに行くか」

「そうだと思いましたよ」

その後、僕とイブは変装をすると幾つかの武器屋に自作のショートソードを売りに行くのだが、メノス鉄を使ったわりに高額で買い取ってもらえたことで大喜びするのだった。

*

「これは……素晴らしい鮮度と味わいだ……」

城で料理長を務める男は目の前の野菜に驚きを隠しきれなかった。

「どの野菜もこれまで口にしてきた高級品と比べても遜色ない。それどころか凌駕していると言っても良いぐらいだ」

王女が「知り合いから貰ったので晩餐に出してください」と渡してきたそれを料理長は苦い表情で受け取った。

食材の品質管理から仕入れまでを一手に引き受けているプライドがある。

それを素性の知れない相手から受け取った食材を使って料理をしろなど侮辱されていると感じるのは当然だった。

王族の食事には自分が仕入れた野菜を使い、この野菜は賄いにでも使ってやろうと考えていたのだが、その瑞々しい姿を見るうちにどうしても興味が芽生えてしまった。

「まさに、究極の野菜。成熟したタイミングを見極めて収穫している。これ以上でもこれ以下でも味が落ちるに違いない」

本当に人間の手で育てたのだろうか？

城で料理をするようになって数十年。ここまでの食材にはなかなかお目にかかれない。

「さらに、旬を外れた野菜までが最上の状態で収穫されている」

作物には季節ごとの旬があるのだ。これを外すと味が落ちるため、料理人は使う食材には細心の注意を払う。ところが、王女が持ってきた野菜はそんな料理人の配慮などあざ笑うかのように最上級の味わいをもって調理台に君臨している。

「本当にすごい野菜ですね……これ作っている農家がわかれば専属契約したいぐらいですよ」

多少高くなっても構わない。王城に卸すということでその農家も箔が付くことになるだろう。部下の料理人の提案に料理長は頷くと……。

「うむ。これほどの作物だ。何としても定期的に仕入れられるように確保するべきだな」

料理長はそう言うと料理を開始した。

王の食卓に最上の食事を用意する為に……。


「えーっと、予備のショートソードを10本だったたっけ？」

1人の兵士が武器屋へと入って行く。

「せめて後1人ぐらい荷物持ちで連れてくればよかったな……」

1本や2本ならばそれ程重くはない剣も10本ともなればそれなりの重さがある。

兵士は団長に言われて最近在庫が薄くなったショートソードを買いに来たのだが、肝心の団長からある注文をされていた。その注文というのが……。

「なるべく高品質のショートソードとか言われてもな、メノス鉄のショートソードなんて駆け出し職人が訓練用に打つだけなんだからそうそう変わるわけがないんだよな」

材料を入手しやすく、加工が容易なメノス鉄は鍛冶の練習に最適なため、見習い鍛冶士が練習を兼ねて作ることが多い。なのでそこそこの値段で仕入れられるため、ゴブリンやコボルトといった雑魚モンスターを退治するのに使われれるのだ。

逆に言うと、それ以上の金属を扱える鍛冶士にとってはメノス鉄で武器を作るのは時間の無駄。よって、高品質のメノス鉄製ショートソードはなかなか見当たらないのだ。

「やっぱり見ても分からないな。それならちょっと値段は高いけどこの辺のショートソードを買っていくか。高いってことはそこそこ品質も良いのだろうし」

兵士がそのショートソードを抜いてみると言い表せない気配のようなものを感じる。他のショートソードとは違う綺麗で丁寧な作りというか指に吸い付く感覚。

結局その兵士は値段が高いショートソードを買って帰るのだった。

「団長。買ってきました」

近寄りがたい雰囲気を漂わせた男に兵士は声をかける。

この男、王国に長く勤め、数々の戦場を渡り歩き1個兵団の団長に上り詰めたツワモノだ。

貴族からの出世では無く市政からの生え抜きなので実力は王国きっての上位に相当する。

「うむ。御苦労」

そんな団長の前だからこそ兵士たちは緊張をしていた。

そして、兵士から剣を受け取ると団長はそれを鞘から抜く……。

「むっ？」

その瞬間緊張が走る。

「これは……？」

「なにかまずかったでしょうか？」

目利きを怠(おこた)ったせいで粗悪品(そあくひん)をつかまされたのだろうか？

兵士は恐れを感じると団長にお伺いを立てた。

「いや……まて」

団長はそういうと近くに立てかけてある木人形を斬りつけた。

「「おおっ！　お見事！」」

次の瞬間、木人形は綺麗な断面を兵士たちに晒(さら)した。

「貴様、このショートソードはどこで買ってきたのだ？」

「はっ！　街の武器屋にございますが、どうかされましたか？」

団長の腕前もさることながら、武器の切れ味は予想以上だった。

なので、文句をつけられることはないと兵士は思っていたのだが………。

「メノス鉄製ショートソードをここまで磨き上げる腕前。間違いなくマスタークラスの鍛冶士の仕業。どのような酔狂(すいきょう)でこのような物を作ったのか知らぬが、これほどの腕前だ。きちんとした設備でレア金属を扱わせたら伝説級の武器を生み出すことも可能かもしれぬ」

「なんと……」

その言葉に周囲の兵士たちが驚く。この団長にそこまで言わせる程の腕前がこのショートソードを作った鍛冶士にあるのだ。

「し、至急確認してきます。これを売った人間の容貌(ようぼう)について」

兵士が慌てて出て行くと、団長は口の端をつり上げ。

「もし見つけて武器を作らせることができれば情勢が傾(かたむ)くに違いない」

笑うのだった。

第五章　アンジェリカ王女の涙

1

『……であるからして、学生諸君にはより一層の努力と研鑽を積んで〜』

目の前では僕らが入学するアカデミーの校長が挨拶をしている。

黒の帽子に黒のローブを着た白髭を蓄えた穏やかな老人といった風貌だ。

「……ふぁ〜あ」

いつの時代も校長の話は長い。身動きが取れない状況で僕は大きな眠気を感じていた。

「おい、エリク！」

そんな僕を見咎めて隣からロベルトが言葉を発してきた。

パリッとしたタキシード姿に髪をバックに纏めている。普段よりも一段と格好良い姿だ。

「ごめん、あまり寝てなくてさ」

最近色々やっていたので寝不足なのだ。

『だから寝た方が良いって言ったんですよぉ』

イブが文句を言ってくる。

確かに忠告されたのだが、調べ物を始めたところ、興味が尽きずついつい夜更かしをしてしまったのだ。

アカデミーに入学すると最新の設備が使い放題となる。僕はその設備一覧を見ながら入学後にやりたいことを考えていたのだ。

僕はもう一度欠伸をすると眠気を振り払う。

「ふふふ、気持ちはわかりますわ。私もいよいよアカデミーに通うのかと思ったら、昨晩は寝付けませんでしたから」

もう片側に座っていたアンジェリカはそう言うと僕に笑いかけた。

胸元が大きく開いたオレンジのドレス。首には真珠のネックレスをかけて、耳には蒼の石のイヤリング。髪は綺麗に結い上げていてうなじを覗かせている。

普段の姿も綺麗だとは思っていたが、こうして着飾って化粧まで施した姿は一国の姫様だと言われても納得してしまいそうになる。

周囲の人間も、この晴れ舞台に合わせて各々が上質の衣装を用意して挑んでいるのだが、僕の両隣はそれをさらに超えて輝いていた。事実、他の人間たちはチラチラとこちらを見ては何やら小声で話している。

僕がそんな2人の間に挟まれていると……。

「エリク様。そのお姿素敵ですわよ」

アンジェリカが耳もとに口を寄せて呟いた。

「ありがとう。でも本当に良かったの？」

アンジェリカに褒められると悪い気はしない。僕はこのタキシードについて確認をする。

「勿論だ。無人島で世話になったうえ、この前も引っ越しを手伝ってくれただろ？　これはその時のお礼だからな」

入学式が始まる前、僕はロベルトに引っ張られると更衣室に押し込まれた。そこに用意されていたのは明らかに超一流の品の良いタキシード。最初はロベルトが着るのかと思ったのだが、彼は既に今のタキシードを身に着けていた。

疑問に思っていたところ「エリクの為に用意した。俺とアンジェリカ様からの入学祝いだよ」と言われたのだ。

そんなわけで指示されるままに着替えたのだが、どうにも着こなしができているように思えない。

『そんなことないです。マスターがこの中で一番格好良いと思います』

僕の内心を読み取ったのか、イブがお世辞を言ってくる。

（ありがとう、そう言ってもらえると少しは自信になるよ）

新しいタキシードに身を包み、気の置けない友人とともに入学式に出る。それは前世では体験することができなかった貴重な時間だ。

僕は気を引き締めると、残りの時間を集中して過ごすのだった。

「さて、俺はちょっと外させてもらうな」

入学式が終わると、ロベルトは早速席を外してしまった。

現在僕らがいるのは控室で、多くの学生はこの後に行われるパーティーまでここで待機することになる。

そんな中、ロベルトは知人がいたようで話しに行ってしまった。

「ふぅ……ようやく堅苦しい式が終わりましたわ」

隣でアンジェリカが伸びをしている。薄い布地のドレスのせいか身体のラインがはっきりと強調され、僕は目のやり場に困ってしまった。

ひとまず見ないように目を逸らしてぼーっとしていると、どこからともなく声がする。

「アン！」

控室の入り口に立っているのはアンジェリカによく似た大人の女性だ。

「お、お母様っ！　どうしてっ！」

アンジェリカは焦りを浮かべるとその女性に駆け寄って行く。

「お身体は大丈夫なのですか？」

その女性は見ると真っ白な肌をしていた。

「貴女の晴れ舞台ですもの。駆け付けるに決まってます」

どうやらアンジェリカの母親のようだ。

「あ、ありがとう……ございます」

母親のその言葉にアンジェリカは肩を震わせ答える。

「ところでアン、そちらの方はどなたかしら？」

あまり不躾に見すぎただろうか？　視線が気になったのか、アンジェリカの母親は僕に興味を持ったようだ。

「こちらの方はエリク様です。アカデミー試験の際にわたくしやロベルトの命を救ってくださった方ですわ」

「まあ……。まぁまぁ…………」

瞳に好奇心を宿らせて母親は僕の傍までくる。

「この度は娘の命を救っていただき誠にありがとうございます。周囲の反対を押し切ってアカデミーに進学すると言った時は寿命が縮みそうでしたが、エリクさんのおかげでこうして無事な姿を見ることができるのです」

「いえ、こちらこそアンジェリカにはいつもお世話になってばかりです。今日だってこんな素敵な衣装を用意してもらって、こうして気にかけて頂いてますから。そうでなければ浮いてしまって所在の置き場がありませんでした」

「あらあら……呼び捨てにするなんて……そう言うことなのかしら？　エリクさん、もし宜しければ今度家にお招きしてお礼でも……」

興奮気味に手を掴む母親に。

「も、もうっ！　お母様っ！　エリク様を困らせないでっ！　はやくあっちに行ってよね！」

普段の落ち着きが迷子なのか、顔を真っ赤にして追い出すのだった。


「ううう、みっともない姿をお見せしました……」

母親が去るとアンジェリカは両手で顔を覆って恥ずかしがる。

「良いお母様じゃないか。アンジェリカの晴れ舞台を見に駆け付けてくれるなんて」

「そ、そう思いますか？」

「うん。うちは物心ついた時から父親しかいなかったからさ、母親がいるって憧れてたんだよね」

「……エリク様」

ふと表情が翳る。どうやら気を遣わせてしまったようだ。

「まあでも、僕は良い友人に恵まれてたからさ。寂しくはなかったよ」

幼いころからいつも一緒にいてくれたレックスとミランダ。父が仕事をしている間、いつも３人で遊んでいた。

お蔭で僕は孤立することがなかった。恩恵の儀式で外れ恩恵の認定をされた後も最初の訓練に誘ってパーティーを組んでくれたのだ。

僕が恩恵の力に目覚めて王都に行くと言った時もレックスは笑顔で、ミランダは名残惜しそうに見送ってくれた。あの２人は僕にとって家族と同じぐらい大切な存在なのだ。

「ふ、ふーん。エリク様にはそんなに親しい御友人がおられるのですね」

僕が2人の良い所を話しているとアンジェリカは少しツンとした様子を見せる。

「た、確かにその御友人は素晴らしい方たちだと思います。で、ですが私たちだってエリク様のことを友人だと思っておりますわよ?」

その言葉に僕は頬を緩めると。

「勿論、アンジェリカやロベルトも大事な友だちだと思ってるからね」

不機嫌そうなアンジェリカにそう言ってみる。すると………。

「な、なら良いですわ」

アンジェリカは急に立ち上がるとそっぽを向く。もしかして機嫌を損ねたのか?

僕が後ろから見ると、アンジェリカは耳を赤くして頬を両手で覆ってみせた。そして頬をつねって表情を整えると。

「そ、そろそろパーティーが始まりそうですから行きましょう」

そう言うと先に歩いていく。その時の彼女の口元が緩んでいたのは気のせいだろうか?


「うーむ、場違い感が半端ないよな」

先程から壁の染みになっている。

正面を見ると、そこでは様々なドレスに身を包んだ美しい女性や、タキシードに身を包んだ男性がグラスを片手に談笑をしている。

あれから、会場の準備が整ったということで入場して直ぐにパーティーが開始された。

最初は傍にいたはずのロベルトやアンジェリカも、今では目先の人だまりの中心にいる。

どうやらあの2人は人気者らしく、僕はあっという間にあぶれたのでこうして1人で待機している。

『マスターもどなたかに話しかけたらどうですか？』

そんな僕を見かねたのかイブが話しかけてくる。

（僕にそんな真似ができるとでも？）

このパーティーに参加しているのは大体が貴族だ。

一部、学校関係者も参加しているらしいのだが、基本的に両親が同伴しており、親を交えての歓談をしている。

こういった場での繋がりが、のちのちに響いてくるらしく、どの親も子供の縁を最大限に利用しようと目をギラつかせている。

そんなところに特に権力の1つも持たない僕が話に行ったところで微妙な空気を醸し出すだけだろう。

そんなわけで僕はロベルトかアンジェリカが戻ってくるまではやり過ごそうと適当に料理に手を付けていると……。

「ん。これ？　花が浮かんでるね」

ティーポットに浮かんでいるのは紫色をした綺麗な花だった。

『昨日マスターが見ていたポーション作製の材料にありましたね。確か、レア植物のパパールです』

ハーブティーとして出されているので自信がなかったがイブの鑑定なら間違いないだろう。確か花弁に体力回復の効果があるんだったな。

（これまだ使えるんじゃないか？　【畑】に植えたら生えないかな？）

レアなハーブをこうしてお茶にされてしまうと勿体なく思った。

『試してみましょう。マスターそれ送ってくださいな』

イブに言われて、僕は誰にも注目されていないのを確認するとパパールを送る。それからしばらくすると……。

『マスター朗報です！　パパールが根付きましたよ』

それは何よりだ。そのうちポーション作製で使うことがあるのでハーブも採集しようと思っていたのだ。それにしても【畑】が万能過ぎて恐ろしい……。

『他にも使えそうな植物があったら送ってくださいよ』

貴族のパーティーなので他にもレアな植物がどこかにあるかもしれない。

そんなイブの言葉を聞いていると………。

「エリクさん。久しぶりですね」

話しかけてきたのは純白のドレスを着た女性だ。

「セレーヌさん？」

先日、教会で会ったセレーヌさんが何故かパーティーに参加している。

「どうしてここにいるんですか？」

あくまで入学式のパーティーなので、生徒とその家族ぐらいしか参加していないはずなのだ。

僕の疑問にセレーヌさんは答えてくれた。

「私はこのアカデミーの生徒会長なんですよ」

ここで明かされる真実。だから推薦状の資格を持っていたのか……。

「生徒の情報はいち早く入手できますからね、合格者の中にエリクさんを見かけたときは嬉しかったんですよ」

そう言って小悪魔な笑みを浮かべると覗き込んでくる。

周囲の生徒たちも突然現れたセレーヌさんの容姿に注目しているようで、一緒にいる僕に惜しみない妬みの視線を向けてくる。

彼女はその視線を特に気にすることなく僕の方を向くと。

「ではエリクさん。改めて入学おめでとうございます。生徒会の1人として、アカデミーの先輩として歓迎しますよ」

周囲が見惚れるような笑みを浮かべてそう言った。

「そうだ。コアを取り扱っている店を紹介してくださってありがとうございました。品揃えも豊富で接客も良くて素敵な店でした。おかげで勉強になりましたよ」

以前、コアの市場調査をしたくてたまたま出会ったセレーヌさんにお願いをしたことがあった。

一見すると綺麗で優しい治癒士なのだが、推薦状を書いたり教会内でも一定の地位を築いていたりとコネクションを持っていそうだったからだ。

そのおかげもあってか【アルカナダンジョン】のコアなんてものを目撃できたので、今後の目標が定まった形だ。

「ふふふ、お褒め頂きありがとうございます」

そんな僕のお礼にセレーヌさんは謝辞を返す。

「どうしてお礼を言うんですか？」

彼女にお礼を言われるようなことをした記憶がない。僕が妙な表情を浮かべたのが面白かったのか、彼女はお茶目に笑うと。

「あの店は私の家が経営しているので」

「えっ？　あそこセレーヌさんの家の店なんですか！」

どうりで紹介状を見た店員さんが妙な顔をするわけだ。

オーナーの娘から直々に紹介状を書いてもらった僕が気になったのだろう。

そんな事実に驚きを隠せないでいると…………。

「セレーヌよ、ここにいたのか」

僕の背後から声をかけられた。

「お父様。どうかなされましたか？」

その言葉で話しかけてきたのがセレーヌさんの父親。つまりあの店のオーナーだと知る。

「さっきまで校長先生と話し込んでいたのだがな、入学の挨拶で張り切り過ぎたらしく腰を痛めたようだ。お前に治癒をしてほしいと言っていたのだが……」

そこまで言って僕の方を見る。そして値踏みするように観察をすると……。

「君は今年の入学生かな？」

その質問に答えようとしたところでセレーヌさんの言葉が差し込まれる。

「ええ、こちらは恩恵の儀式で知り合ったエリクさんです。才能に溢れる方でしたので私がアカデミーへ推薦したのです。お父様」

「ほう……幼少より教会で修業を積んできたお前が素質アリと認めたのか。それは凄いな」

セレーヌさんが持ち上げたせいか父の視線がいっそう鋭くなる。

「それはそうと校長がお待ちだ。いつもの治療室にいるそうだ」

「わかりましたお父様。それではエリクさん、またお会いしましょうね」

そう言うとドレスをなびかせて颯爽と歩いていくのだった。

「えっと………」

娘が去ったのだから当然父も去るものだと思っていたのだが、何故かその場にとどまり続ける。僕が気まずさを感じているのを知ってから知らずか話しかけてきた。

「失礼、私の名はハワード。王都周辺で商売をしているハワード商会の代表だ」

「あっ、聞いたことがあります。セレーヌさんって商家の生まれだったんですね」

幼少の頃より教会にいたような話を聞いていたので神官の家系なのだと思い込んでいた。

「娘は幼いころから治癒魔法の腕前が優れていたからね。娘の希望もそうだが、苦しんでいる人々を癒やすのも大事と考え、教会に通わせていたのだよ」

とても立派な考えだ。ただ市民から搾取するだけではなく全体の幸福を実現しようと頑張っている。この親にしてセレーヌさんありなのだと僕は認識した。

「セレーヌさんは優しいですからね。僕も彼女の優しさには何度も救われました」

ダンジョンから帰還した時も心底安心したような表情をしてくれたし、今だって話し相手がいない僕を気にかけてくれたり。

生徒会長だからなのか、治癒士だからなのか、困っている人を放っておけない性分なのだろう。

そんなセレーヌさんを心温まる様子で思い浮かべていると……。

「エリク君。娘とはどういう関係なのかな？」

鋭い視線を向けてきた。

「……ただの後輩ですけど」

ハワードさんからの良く分からない質問に僕は即座に答えた。

「そんなはずはないだろう。あの子が紹介状を書くなんて余程の相手に違いない」

どうやらコアを取り扱っている店の話らしい。本当に偶々なんだけど。

「彼女は優しいですから、僕がお願いしたので断れなかったのではないでしょうか？」

そんな推測を答えるとハワードさんは何か考えていたのだが……。

「失礼、少々宜しいですか？」

「なんだ？　報告は手短に頼む。今は彼と話をしているのだからね」

商会の部下と思わしき人物に目を向けると何やら話し始めた。

　僕はこの機会に離脱したいと思ったのだが、ハワードさんはまだ僕に聞きたいことでもあるのか目で牽制してきて逃がしてくれない。仕方ないので話が終わるまで待っている。

「ええ、なのでこのケースに対応するには代表の意見を伺いたくですね」

「むぅ……この場合は複数の要素が影響しているな。なかなか判断が難しい」

　僕をそっちのけで商売の戦略を練り始めた。このままではいつ終わるとも知れない。

　僕は溜め息を吐くと………。

「その場合、こういう方法を採るとスッキリします」

　2人の間に入って行く。

「そ、それだとこっちの問題に対処が……」

　焦る様子の部下の人に。

「いえ、そのケースにはこちらに配置している人員が向かえば対応できます。更にいうなら、こう動かしてこちらに回しておけば問題ないかと」

　前世の職場が似たようなトラブルに巻き込まれたことがあった。

　その時に使われた解決方法をそのまま提示してみせたのだ。

「確かにこれなら……代表！」

「うむ。至急手配してくれ」

　ハワードさんが頷くと部下の人は帰って行った。

　先程までと違う視線を感じるとハワードさんが肩を抱いてくる。そして……。

「きみ、卒業後とは言わず今すぐにうちの商会に就職しないか？」

「生憎ですが、進路に関しては色々決めかねてまして……」

第一に考えているのは自分の能力をもっとも伸ばす方法だ。その為に商会に就職するのが最善ならば構わないが、恐らくその道はないだろう。

「そうか残念だ。気が向いたら娘に伝えてくれ。いつでも歓迎しよう」

その言葉に僕はセレーヌさんが秘密を守ってくれていることを理解する。

よくよく考えると僕のザ・ワールドの姿を彼女は見ている。

現在のフェイクルームがなかったころなので、彼女は僕が相当大きな空間容量を持っているのを知っているのだ。

もしそのことをハワードさんが知っていたならもっと食い下がってきただろう。

「そうだ。僕からも1つお聞きしたいのですが」

この人があの店のオーナーだというのならこれは情報を得るチャンスだろう。

「ん。何が聞きたいのかな？」

「ダンジョンコアを取り扱う店なんですけど、あそこにある特殊コアについてです」

【アルカナダンジョン】で入手したと言われるコア。あれについて聞いてみる。

「あの店のコアは探索者が攻略したダンジョンのを売っているんですよね。【アルカナダンジョン】のコアはいつから置いてあるんですか？」

僕の質問にハワードさんはアゴを撫でると答えてくれた。

「いつから……か。私が生まれた時にはあったからね」

「それは、いつ購入したか分からないということでしょうか?」

その質問にハワードさんは首を横に振ると。

「あのコアは先祖代々受け継いできたモノなんだ。だから誰かから購入したとかではないのでね」

「それって………」

「我が家は【アルカナダンジョン】攻略者の子孫ということになる」

「攻略者の子孫……」

「うむ。攻略者たちはかの有名な【アルカナダンジョン】に挑み莫大な財宝とコアを戦利品に持ち帰ったのだ。そしてその内の2人が財宝を利用してこの地で商売を始めたのだ。そしてそれは成功を収め、コアは代々お守りとしてあの場所に飾ってあるのだ」

「売ってくれという人もいたのではないですか?」

伝説のダンジョンのコアだ。僕みたいに有効利用できずともコレクターとして収集したがる金持ちは存在するだろう。

「うん、いたね。だから値段を設定したのだよ。個人の力では到底購入できない金額にね」

それがあの無茶な金額ということなのだろう。

「そうすると、ハワードさんはあのコアを誰かに譲るつもりはないということですかね?」

不可能に近いのは理解しているが、お金を貯める準備はしていたのだ。いざ揃えたところで売ってもらえなければ意味がない。

計画を白紙に戻す必要すらある。

「私はね、あのコアが我が家の安全を見守ってくれていると信じているのだよ。だからそうだな、譲り渡す相手は……娘のセレーヌ以外にはあり得ないかな」

その言葉に僕はあのコアを入手するのを諦めるとともに…………。

『つまりセレーヌさんから貰えば良いってことじゃないですか。マスター』

イブの言葉を完全にスルーするのだった。

「あっ、こんなところにいましたわ」

何かと思えばブルーのラメをちりばめたドレスを着たアンジェリカが僕を探し回っていた。

「歩くたびに声をかけられてしまって、疲れましたわ」

人気者なのだろう、僕がいくら歩いても声をかけてくるのは怖いおじさんだけだったのに……。

ドレスを着飾った可愛い女の子たちもいたのだが、何故かこちらと目が合うと頬を赤くして顔を逸らされてしまう。そしてそのまま歩いていると口元を隠してヒソヒソ話しているのだ。恐らくだが僕の格好が似合ってないから笑っているのだろう。

「そう言えばアンジェリカ。着替えたんだね？　そのドレスも良く似合ってるよ」

僕が社交場での礼儀に乗っ取って褒めると……。

「ありがとうございます。エリク様もとても格好良いですわ」

「うん。ありがとうね」

表情1つ変えなかった。恐らくはここに来るまで散々褒められたんだろう。そんな彼女の耳に赤みが差しているのはこのパーティールームが暖かいからに違いない。

「それで、僕を探していたみたいだけど？」

「そうですわ、せっかくクラスメイトたちが集まっているというのにエリク様がいらっしゃらなかったので探しにきたのですわ」

「クラスメイト？」

「ええ、あの試験で一緒に合格した生徒たち。彼らが3年間同じクラスで勉強するのです」

「そうなんだ、でもクラスといっても一クラスだけしかないんだよね？」

無人島で合格した人数はそれほどでもない。クラスという枠組みは必要なさそうだが……。

「ほかにも何クラスかありますから」

「ということは他にも合格者がいるの？」

アカデミーの規模にしては随分と合格者数が少ないので変だと思っていたのだが……。

「受験者数が多いので試験会場は分かれていたのです。ほかにも他国の有力貴族などもアカデミーに留学してきていますから」

アンジェリカの言葉に納得すると。

「皆さんエリク様と話したがっていますので行きましょう」

彼女は手を取ると僕を連れていく。

その日は結局パーティー終了までクラスメイトたちと楽しく過ごした後、寮まで引き上げていくのだった。

2

「えー、本日の授業を終了する」

授業終了の鐘(かね)がなり、教師が教科書を閉じる。

入学してから数週間が経過した。

アカデミーでの授業は前世での知識が通用するところが多く、今のところは問題なくついていけている。

クラスメイトのほとんどはロベルトが仕切っていたグループの人間で、打ち解けているので居心(いご)地(ち)がよかった。

『イブとしては退屈なんですけどね……』

このところ、勉強メインでダンジョン探索や街に出ていない。なのでイブとカイザーはルーム内で暇(ひま)を持て余していたようだ。

(仕方ないさ。週末にならなければ敷地(しきち)から出られないんだから)

アカデミーは5日授業をした後2日の休日がある。

新入生の僕らは週末にならないと外出が認められておらず、基本的に寮で生活することになっているのだ。

もちろん敷地内にも店は存在するので必要な物は揃うが、訓練施設や生産施設が充実している反面、娯楽施設は少ない。

そんなわけでようやく週末になったわけだが……。

「ねえ、エリク君。週末はどうするの？」

「エリク。週末良かったら街で遊ばないか？」

クラスメイトたちも初めての週末で嬉しいのか僕にまで声をかけてくる。

どうやら仲の良いメンバーで街に繰り出して遊ぶつもりのようだ……。

そんな中、クラスメイトが突如割れる。何かと思えばアンジェリカが近づいてきたのだ。

「エ、エリク様。週末なのですがお付き合い頂きたいのですが」

なにやら気まずそうな雰囲気を醸し出している。

「いいけど、どうして？」

「それが、その……。無人島で助けて頂いた御礼を言いたいからと、両親に連れてくるように言われましたので」

あの日、アンジェリカの母親と話した件についてか。

社交辞令かとも思ったのだが、貴族社会というのは有言実行が当たり前らしい。

「わかったよ。そういうことなら仕方ないね」

「「ええええっ――――」」

周囲から不満の声が上がった。元々彼等の方が先に声をかけてくれていたのだ。

「皆ごめんね」

せっかく誘ってくれたのに申しわけないので頭を下げた。

「それでは当日は馬車で迎えに参りますので宜しくお願いしますわ」

用件が済んだのか、アンジェリカは軽い足音を立てながら去っていった。

翌日。僕がアンジェリカと一緒にアカデミーの門へと向かうと、そこには高級な魔導車が横付けされていた。側面を赤で塗られており、その上から金の紋章が描かれている。

あいにく貴族社会の知識がない僕にはわからないが、恐らく家を示す紋章なのだろう。

「どうぞお乗りください」

話が通っているのか、執事服を着たお爺さんが頭を下げると僕を中へと促した。

「凄いな……」

中に入ると色々圧倒される。

魔導車の中は冷暖房完備なうえ、空間を広げる魔法具が使われていたので広く快適なのだ。

「エリク様、わざわざありがとうございます」

「あっ、うん」

中には既にアンジェリカが待機していた。僕はどうするべきか考える。

ゆったりとした空間にはソファーが向かい合わせて置かれている。

「どうぞ、お座りください。道中時間がありますので宜しければお飲み物でも」

「ありがとう」

隣に座るわけにもいかず、僕はアンジェリカの正面へと座った。


そうしてしばらく走ると段々王都の中心へと近づいてきた。

僕は、窓からのぞく街並みが珍しくずっと見ていたのだ。アンジェリカが貴族だということは見当がついていた。なので、こうして貴族街に案内されると考えていたのだが……。

「えっ？」

僕はあまりにも予想外な場所に驚き声が出る。

魔導車は特に止められることなく城門をフリーパスで潜り抜けたのだ。

そして魔導車から降りて城に入ると皆がアンジェリカに道を譲り頭を下げる。

そんな様子を見ながら警備の兵士の前を通り、たどり着いたのは豪華な扉だった。

「エリク様、用意は宜しいでしょうか？」

アンジェリカは緊張した表情でそう言うと扉をノックする。

「ああ、うん」

状況が良く解らず混乱する。何故僕は突然王城へと誘われたのか。

「入りなさい」

中から声がすると、アンジェリカは僕に向かって頷くと部屋の中へと入っていった。

「おかえりなさいアン」

中に入ってまず話しかけてきたのはアンジェリカの母だった。

「お母様、ただいま戻りましたわ」

入学式であっているのでそれ程経ってはいないのだが、2人とも嬉しそうに抱き合っている。

そんな様子を横目に僕は部屋を見渡した。

それなりに広い部屋だ。壁には高そうな絵が飾られておりテーブルにソファーといった家具も一級品のものが使われている。

そんな中、1人の視線がこちらを向いていた。

年の頃は三十代半ば程だろうか、豪華なマントに身を包んだ髭を生やした男性だ。

僕はその人から視線を逸らさずにイブと会話をする。

(ここにいるってことはこの人がアンジェリカのお父さんってことだよね？)

『そうだと思いますよ』

(ただじっとしているだけなのに威厳のようなものが感じられる。何か睨まれているような……？)

『さあ、どうなんでしょう？　特に危害を加えるようにも見えませんね』

イブの言葉から意識を外す。何故なら向こうが動いたからだ。

「俺はこのモカ王国を治めているアレス13世だ」

「えっ……？　国王……様？」

あまりにも予想外の肩書きに僕はすっかり冷静さを失ってしまった。

「そういえば言っておりませんでしたっけ？」

アンジェリカが惚けるように首を傾げる。その顔は悪戯が成功したような、アンジェリカらしからぬ表情だ。僕はそれで少し冷静になると一度深呼吸をする。そして……。

「お初にお目にかかりますエリクです」

王宮での礼儀に関しては平民なので習ったことはない。僕は相手に礼を尽くすように片膝をつくと頭を下げた。

「よい。この場は非公式だ。娘の友人なのだからおもてをあげよ」

許可を得て頭を上げる。思っていたよりも近くに顔があり、目の下に隈があることが窺えた。

「あらあら、エリクさんも良くいらしてくださいました」

僕がいることに気付いたのか、アンジェリカの母親が話しかけてきた。

「エクレア、知っているのか？」

エクレア王妃と僕が顔見知りということでアレス国王は質問をする。

「ええ、以前お話したでしょう。受験の際にアンを命懸けで守ってくださった勇気ある若者がいると。それがエリクさんですよ」

どうにも誇張されて伝わっている気がするのだが……。

「なんと、君が娘の命を救ってくれたのか！」

そう言うとアレス国王の目から警戒心が薄らいだ。

「お、お母様が言ったのではないですか。命の恩人であるエリク様を招待してお礼を言いたいと」

「何？　俺は、アンが同級生を連れてくるから会ってやってくれと言われたのだぞ？」

どうやら、エクレア王妃のちょっとした悪戯だったようだ。

恐らくアレス国王の視線の意味は、年頃の娘を男になんぞやるものかという意味なのだろう。

「エリク君といったか？　国王としてではなく1人の父親として礼を言う。この度は娘の命を救ってくれてありがとう」

「本当にありがとうございます」

「エリク様。改めて感謝いたしますわ」

その場の全員から礼を言われ、僕は気まずい思いをする。

「いえ、別に。たまたま通りかかっただけなので。頭を上げて下さいよ」

この国のトップに揃って頭を下げられるとか、どんな罰ゲームなんだ。

その場で頭を下げ続ける3人を最後は泣き落として止めさせると僕は一気に疲労が溜まるのを感じるのだった。


何とか状況を落ち着け全員がソファーに座ることになった。僕の正面にはアレス国王が座ると、その横にはエクレア王妃がゆっくりと腰を下ろした。

僕としてはいきなり国王の前に座らなければならないことに躊躇うのだが、既にアンジェリカがエクレア王妃の前に座っているので他に選択肢がなかった。

「えーと………」

あまりにもフランクな対応をする三者なのだが、僕から声をかけてよいのか悩む。前世でもそうだが、社長や役員などのお偉いさんは気さくに声をかけて下さるのだが、かけられるほうは緊張してそれどころではないのだ。

「そうだ！　私としたことがお茶も用意しないで……少々お待ちくださいね」

その場の沈黙と僕が緊張しているのを見て取ったのか、エクレア王妃がパンと手を叩く。

「エクレア、お前は休んでいろ」

「そうですわ、お茶ならば私が淹れますから」

テーブルの上のティーセットに手を伸ばそうとしたエクレア王妃を２人は止める。

そしてアンジェリカが動き、たどたどしい動きをしながらもお茶を淹れる。

その姿をアレス国王とエクレア王妃が温かい目で見ていた。

「お前が茶を淹れるようになるとはな……この前まではメイドがいなければ身支度すらできなかったというのに」

「本当ですね。娘の成長を見られるのは嬉しいものです」

感慨深げなアレス国王と、大げさに目元を拭うエクレア王妃の様子にアンジェリカは顔を赤くして身体を震わせた。

「も、もうっ！　お父様もお母様も、エリク様の前なんだから変なこと言わないでっ！　私だってアカデミーの寮に住んでいるんですから。そのぐらいできますから」

アンジェリカがむくれる。その姿はアカデミーでの落ち着いた態度と違い子供じみていた。家族の前ではいつものアンジェリカを取り繕うことができないのだろう。

「うむ、なかなか美味いじゃないか」

アレス国王が美味しそうに茶を口に含む。

「時々お茶会を開いては淹れ方を教えてもらいましたから。お父様もお疲れの様子だったのでパパールのハーブティーにしました」

その言葉にアレス国王は目元を抑えて見せる。

「まさか娘に気遣われるとはな……」

アンジェリカもどうやらアレス国王の目元の隈に気付いていたようだ。

「どうしてそんなに疲れているのですか？　最近は隣国との関係も良好のはずですよね？」

「まあ……色々とあってだな」

含みを持たせるようなアレス国王の言葉。恐らくは身内といえども話せないこともあるのだろう。

「そういえばアンジェリカ。お前に少し聞きたいことがあるのだが」

話題を変えるためなのかアレス国王は唐突にアンジェリカに話を振った。

「なんなりとお答えしますわ」

学生生活に不自由はないか？　とかだろうか。それとも付き合ってる人間はいないかとか？

少々過保護かとも思うが、最初の印象では子供を大事にしているように見えるので間違ってはいないかもしれない。

アレス国王はエクレア王妃と顔を合わせて頷くとアンジェリカに質問をする。

「この前『友人からもらった』と言って持ってきた野菜だが誰からもらったのか教えてくれ」

「「えっ？」」

僕とアンジェリカの声が重なりお互いに目を合せるのだった。

「その野菜がどうかしたんですか？」

「うむ。実は少々問題になっていてだな……」

僕は自分が販売した野菜についての話題が出てたのでつい口を挟んでしまった。

「どういう問題なんでしょうか？」

「今から数週間前に王都のとある青果市場でその野菜を販売する人物が現れたらしいのだ」

その言葉に頷くと先を促す。

「誰もが見惚れる美少女と男の組み合わせで次から次へと野菜や果物を売っていたらしいのだ」

『えへへへへ。美少女ですってマスター』

イブが嬉しそうだ。そしてその噂だと男の方が完全にどうでも良い扱いになっているのだが……。

まあ、イブの容姿に目が行くのは仕方ないけどさ。

「その売り物に毒が入っていたとか販売禁止の農産物があったとかですか？」

ひとまず問題はそこではない。僕が売り払ったラインナップは事前に青果市場で売られている野菜に絞ったのだ。探れる間に情報を取っておく必要がある。

「いやいや、そういうわけではない。ただ、その味があまりにも素晴らしくてその上周囲の店に比べて値段が安かったらしくてな。そのせいでそこの青果市場の利用者が爆発的に増えてしまったのだ」

「…………なるほど」

王都は広いので様々な場所に市場ができている。それぞれの仕入れ業者は近い市場で仕入れるのが基本なのだが、評判を聞きつけて殺到してしまったらしい。

「そこでうちのコックが『この野菜。見覚えがありますな』と言うのでな。詳しく聞いたところ、先日の晩餐に使われていた野菜だったらしいので、アンジェリカなら何か知っているのではないかと思ったのだ」

なるほど。ロベルトやアンジェリカに野菜を渡した時はゆくゆくは貴族の家と専属取引をして収入源にしようと考えていたが、自分の【畑】でとれる野菜の価値を低く見積もっていたらしい。

「なるほど……、そのせいでそんなにお疲れなんですね？」

目の下に隈があるのはそういうことなのだろう。僕がそう尋ねると……。

「いや、これは騎士団でも問題が起きていてな…………」

その言葉に少しほっとする。どうやら僕の野菜とは無関係なところで心労を溜めていたようだ。

「それは大変でしたね。僕で良ければ話を聞かせてください」

こう見えても前世では様々な上役の愚痴を聞き続けたのだ。仕事を長くしているとだんだんとストレスが溜まってくる。人は愚痴をこぼすことでストレスを発散するのだ。

聞き手として相槌を打つことで相手のストレスを軽減させ、僕は職場の人間関係を無難にやり過ごしてきた。

「そ、そうか？　では少しだけ……」

　こういう話は赤の他人ぐらいの距離感の方が話しやすい。アレス国王は頬を緩めると僕に語り始めた。

「実は最近、騎士の連中が言い争いをはじめておってな……」

　そう言うと溜め息を吐く。どうやらこちらの方が難題らしい。

「それはやはり所属違いの騎士同士の争いとかでしょうか？」

　部署が違えば立場が違う。所属意識の問題からか、人は自分と違うグループに対して壁を作る傾向が強いのだ。

「うむ。騎士団の団長同士が争っていてるのだ」

　アレス国王は眉をひそめる。

「原因はなんなんですか？」

　こういうのは上が抑えつけても解決しない。まずは原因を取り除くことからはじめなければ。

　僕が質問をすると、アレス国王は話しを続けた。

「実はだな……最近王都の武器屋にかなりの品質の武器が卸されておったのだ」

「…………ほ、ほう？」

「その武器はゴブリンやコボルトなどを退治するための消耗品のつもりで購入した武器なのだが、いざ使ってみるとかなり使い勝手が良いらしい」

「それで何故争いが起きるのですか？」

　武器の効果がそこそこ使える程度なら良いのでは？

「消耗品程度の材料をそこまで鍛え上げる鍛冶士がいるという噂が広がってだな、これまで騎士団はそれぞれお抱えの鍛冶士を自分で鍛え上げるなりして取り引きをしていたのだが、１人の団長がその鍛冶士を探し始めてからは険悪な状況になっている」

なんでも、それぞれの騎士団はお抱えの鍛冶士を雇っているらしく、団の武器のメンテナンスはそのお抱えの鍛冶士が行っている。

手作業になるので１人の鍛冶士がメンテナンスできる武器の数は決まっている。

それに対して国が抱える騎士団の人数は多い。

武器の質の高さはイコールでその騎士団の強さへと直結しているのだ。

今はバランスよく配置されているのだが、もしその鍛冶士を勧誘できたとするとそれだけで他の騎士団から一歩抜けだすことができてしまうとか。

そのことを全ての団長が危惧しているらしい。

「今いる鍛冶士の武器で満足するように言い含めたのだが『街にあれ程の腕前の鍛冶士がいるのです。確保しないことには国の損失ですぞ』と言い出してな。確かに素晴らしい腕前の鍛冶士を雇えるのならそれに越したことはないのだが、このままではその鍛冶士が可哀想でならぬよ……」

屈強な男たちに囲まれながら熱い工房で延々と武器のメンテナンスをやらされる……。労働基準なんてあってないようなこの世界でそんなことになったら、過労で倒れるまで仕事をさせられる羽目になりそうだ。

『マスター武器作るの好きだからやってあげたらどうですかー？』

(この前のこと根に持ってるのか?)

すこし武器作りに集中しすぎてイブの声を無視しただけなのに……。

『別にー。そんなことないですよー?』

どこ吹く風という様子のイブを無視すると僕は考えた。

どうやら、現在アレス国王が抱えている問題は概ね僕へと直結しているようだ。

多少狙っていた部分はあったのだが、市場の反響の大きさまでは読めていなかった。

「なるほど、心労はお察しします」

「いや、すまないな。娘の学友にこんな愚痴を……。エリク君はなんというか話やすくてついつい言葉が止まらなくなってしまう」

少しは気分が晴れたのか楽な表情を浮かべている。

「いえいえ、僕でよければいつでも話を聞きますから」

言葉ではそう言ったが、背中では汗が止まらず罪悪感で胸が痛んだ。

(まさか、そんな大事になっているなんてな……)

僕は鍛冶スキルの練習のために剣を打った。そしてそれを市場に流したのだ。

「どうかしたかね? エリク君」

アレス国王は首を傾げる。僕の挙動不審な態度が気になったようだ。

まさか打ち明けた相手が心労の原因を作った人物だとは思うまい。

「あの……実はですね……」

こうなっては早めに打ち明けておいた方が良さそうだ。こういうのはバレるよりも自首してしまった方が気が楽なのだ。

僕がそう思い、アレス国王に話をしようとすると……。


――カシャン――


「お、お母様⁉」

カップが割れる音がして、そちらを見てみるとエクレア王妃が胸を掴んで苦しそうにしていた。

「大丈夫か！　エクレア！」

血相を変えて駆け寄るアレス国王。

「へ、平気です。すぐに治りますから」

慌てる2人を手で制すると小瓶を取り出し中身を飲む。

『スタミナポーションのようですね』

イブがこっそりと飲んだ物の正体を教えてくれる。

僕が心配そうに見守っていると、エクレア王妃の体調が整い始める。

「ご、ごめんなさいね。せっかくの楽しい時間に水を差してしまって」

そう言って立ち上がるのだが、顔が真っ白だ。入学式の時もそうだったが、どうやら化粧でごまかしているようす。何かの病気だろう。

「すまないが、妻が疲れているようだ。今日はお開きにしてもらえないだろうか？」

これ以上は不可能と判断したのか、アレス国王の一言でこのお茶会は解散となった。

＊

「寒い……」

あれからお茶会が終わり、私とエリク様は魔導車に乗って寮へと戻ってきた。

「そろそろ窓閉めましょう」

外は星が輝き始めている。どうやら結構な時間をぼーっとして過ごしていたようだ。

「お母様、また悪くなっていた」

私の母は病に冒(おか)されている。モカ王国の王家の女性は短命なことが多い。


【ドライン病】


何故かこの病気は王家の女性が患(わずら)う確率が高く、一旦(いったん)患ってしまえば体力が抜け落ちていき、最後には衰弱死(すいじゃくし)するのだ。

「せっかく、アカデミーに入学できたのに」

無人島でエリク様の助力を得ることで私はアカデミーへと合格することができた。それというのも……。

「泣いてる場合じゃありません。私がお母様の病気を治す。そう誓ったのだから」

私がアカデミーに入学したのはお母様の病気を治すため。

伝説と歌われた【万能薬エリクシール】これを完成させるためです。

「まだこれからです。私は諦めるわけにはいきません！」

材料集めも調合技術も全然足りていません。俯くぐらいなら前を向くべき。

「たとえどれだけ困難であろうと諦める理由がありません」

私は星に向かって決意を述べると窓を閉め背を向けるのでした。

3

「ごめん、週末は少しやらなければならないことがあるんだ」

アンジェリカとともに城を訪れてから1週間が経過した。

あれから僕はやることができたので毎日忙しくしている。

「えっ？　エリク来れないの？」

「エリク君先週は付き合ってくれるって……」

流石に連続で断ることになったので周囲の生徒たちの目も険しい。

だが、僕には本当に時間がないので……。

「ほんとごめん。落ち着いたら埋め合わせはするからさ」

手を合わせて謝(あやま)るのだった。


「お待たせしてしまってすいません」

「おっ！　エリク久しぶりだな」

僕は探索者の装備に身を包むと探索者ギルドを訪れた。

「トーマスさんこそ、お変わりはありませんか？」

「ああ、問題ないぞ。それに準備も整っている！」

「すいません無理を言ってしまって」

以前にランクⅣのダンジョンに潜(もぐ)った時のメンバーが手を振って応える。

「気にするな、そろそろランクⅤに挑戦(ちょうせん)したいと思ってたところだからな」

これから高ランクのダンジョンに挑むのに気負いがないようだ。

「それで……条件に合う。特に水が流れるフィールドが存在するダンジョンなんですけど見つかりましたか？」

「ああ、ばっちり見つけてある。既にマッピングも済ませてあるからな。あとはそこまで行くだけだ」

その言葉を聞いてほっとする。

「ありがとうございます。それじゃあ今日も荷物持ちとして同行させてもらいますのでよろしくお願いしますね」

　僕はそういうとトーマスさんに頭を下げるのだった。

「はあっ――――!!」

　襲いかかってきたモンスターを僕は朱(あか)のショートソードを一閃(いっせん)して倒す。

「すごいなエリク。今のはDランクのアクアエレメントだぞ……」

　魔核を拾い上げているとトーマスさんが引いた様子で話しかけてきた。

「そうなんですか？　ちょっと攻撃力(こうげきりょく)の高い武器なので僕なんかが使っても一撃で倒せるみたいなんで良かったです」

　今回、僕は荷物持ちとして参加させてもらっているのだが、時間の都合で戦闘(せんとう)にも参加している。

　通常、ランクVのダンジョンを攻略するのに2週間はかかると言われている。

　今回は目的が攻略ではないのでそこまでかからないが、アカデミーの休日は2日しかないのだ。

　もし戻るのが遅(おく)れて欠席となれば荷物持ちとして雇っているトーマスさんたちにも迷惑(めいわく)が及(およ)ぶので、僕も戦うことにした。

「相変わらず謎(なぞ)の多いやつだな。俺たちの出番がほとんどないぞ……」

　そんな軽口を叩(たた)く男戦士さん。現れたモンスターをほぼ瞬殺(しゅんさつ)しているので出番がなくて暇そうなのだ。

「すいません、本当に今度埋め合わせをしますから」

他人のパーティーに入って好き勝手やっている自覚はある。僕は申しわけなく思い頭を下げるのだが。

「いいのよエリク君」

「うわっ！」

背後から女魔道士さんが抱き着いてきた。

「エリク君がモンスターを引き付けてくれるおかげでこっちは随分と楽なんだし」

「そうです、怪我人がでないに越したことはありません。そしてエリクさんが困ってるので離れてください」

女治癒士さんが女魔道士さんに怒って、ほかのメンバーはそれを「仕方ないな」という顔で見ている。これがこのパーティーの普段なのだろう。

「エリク君。君が強いのは知っているが、焦りは禁物だからな」

トーマスさんがそう言って頭を撫でてくれる。どうやら僕の焦りを見透かしていたようだ。

女治癒士さんも女魔道士さんも、男弓使いさんも心配そうな顔をしている。先程の冗談はどうやら場を和ませるためのものだったようだ。

「ありがとうございます。皆さん」

真剣に見守ってくれている大人の皆を前に僕は感謝するのだった。

「おう、ここだここ！」

ダンジョンに入ってからほぼ1日が過ぎたころ、僕らは目的の場所へと到着した。

せせらぐ川の上流には滝(たき)があり、その下には池ができている。僕の目的はこの水を入手することだったのだ。

「ありがとうございます。早速水を汲(く)ませてもらいますね」

僕はそういうとルームから樽(たる)を取り出し、そこに魔導具を使って給水を始める。

「へぇ。便利な魔導具だな。それにアイテムボックスが加われば回収も容易ってわけだ」

僕が右手を川に突っ込んでいるとトーマスさんが話しかけてきた。

「ええ、この魔導具は錬金術(れんきんじゅつ)のお店で売ってもらったんですよ」

以前に水を売った店で取り寄せておいてもらったのだ。

「樽は全部で10ですよね？　分け前は僕が2で皆さんが8ということで良いですか？」

事前に用意してもらった樽を収納するときに交(か)わした約束を再度確認する。

「それだけでいいのか？　エリクの力がなかったらここまで来るのにもっと苦労したんだぞ。もっと欲張ってくれてもいいのに……」

その言葉を聞きながら次から次へと樽を入れ替えていく。右手で触(ふ)れては取り出し、また水面に右手をつける。

「いえ、こちらこそ無理を言ってしまってる自覚はありますから。僕だけだとここに入ることもできませんからね」

探索者ギルドの探索資格は未熟な人間を死なせないための措置(そち)としては正しい。

だが、正規のルートで入れるようになるのは数年後になる。それでは間に合わないのだ。

樽を水で満たすと、僕はフェイクルームにそれをしまうと、

「よし、それじゃあ引き上げましょうか」

そうトーマスさんたちに提案するのだった。

*

「エリク様、もうすぐお昼休みが終わってしまいますわ」

「ふぇっ？　もうそんな時間？　起こしてくれてありがとう」

アンジェリカに起こされるとエリクは寝ぼけた様子で伸びをした。その様子はどこか疲れが溜まっているようで、アンジェリカは眉をひそめた。

「さて、午後の授業も頑張らなきゃな」

周囲の生徒たちは遠巻きにエリクを見ている。その視線には先週まで見えていた好意の色はない。

「あの、放課後にクラスメイトとお茶をすることになっていて、エリク様もよろしければ参加されませんか？」

それと言うのも、最近のエリクは授業が終わると誰とも会話をすることがなく、さっさと帰宅してしまうからだ。

学生の本分は勉強だが、アカデミー時代の付き合いは大人になってからも続く。ここの学生達は

何よりも現時点での結びつきを重視しているので、誘っても断るエリクを段々疎ましく思い始めたのだ。

「どう……ですか？」

断らないでほしい。そう思ったアンジェリカはエリクの服の裾を引く。

クラスの雰囲気が悪くなっているのを感じ取り、彼女なりにエリクの立場を慮ったのだ。

「ごめん。放課後は用事があるんだ」

だが、エリクは有無を言わさぬ返事をすると教室を出て行った。

「んだよあいつ……」

「せっかくアンジェリカ様が誘ってくださってるのに」

周囲からいっそう避難の声が大きくなる。

アンジェリカは溜め息を吐くと、クラスメイトに対しエリクのフォローをするのだった。


「本日はアンジェリカ様のお部屋でお茶会でしたよね？」

放課後になり、お茶会に参加する予定のクラスメイトがアンジェリカに話しかけてきた。

「ええ、私は売店に立ち寄ってから戻りますので、しばらくしてから訪ねてきていただければ幸いですわ」

貴族子女との交流も王族の義務。アンジェリカにしても気分が落ち込んでいるのでできれば１人になりたかった。

「わかりました、ちょうど実家からお土産にもらったクッキーがありますのでお持ちしますね」

だが、そういうわけにもいかないので、売店に買い物に行くという理由を作ったのだ。

あまり待たせるわけにもいかない。アンジェリカは急ぎ売店へと向かうのだが。

「あれは…………エリク様？」

一瞬見えた後ろ姿はエリクのものだった。彼は離れた場所にある建物へと入って行った。

「たしかあそこは錬金術の研究棟だったはず」

このアカデミーは国が資本に入っているせいか、最先端の設備が導入されている。それぞれの分野ごとに研究棟が建てられ、学生たちは自由にその設備を使うことができるのだ。

「あんなところで何をしているんでしょうか？」

アンジェリカはここ最近のエリクの行動が気になり、後を追いかけようと思うのだが……。

「アンジェリカ様。こちらにいらしたのですね」

「あっ……、お待たせしてしまってすいません。すぐに買い物を済ませます」

本日のお茶会に参加するクラスメイトが話しかけてきたのだ。

「今は……仕方ないですわね」

本当はエリクが気になるが、彼女を連れて行くわけにはいかない。

アンジェリカは後ろ髪を引かれつつもお菓子を選びお茶会に向かうのだった。

＊

目の前では大きな鍋（なべ）が沸騰（ふっとう）している。

中にはパパールや回復効果のあるハーブを磨（す）り潰（つぶ）して投入してある。

鍋を混ぜるたび、なんとも言えぬ臭（にお）いが辺りに充満（じゅうまん）する。しばらくの間、その作業を続けていき、液体の色が変化してくると。

「そろそろ良いかな?」

僕はレードルを手に取ると中の液体を掬（すく）い小瓶へと移す。

『マスター、今日もやるんですか?』

そうするとイブが僕へと話しかけてきた。

「このスキルは熟練度が命だからな。こうして作ることは決して無駄（むだ）にならないさ」

僕が現在おこなっているのは錬金スキルの熟練度上げだ。

僕はダンジョンコアから様々な恩恵やスキルを得ることができる。どの恩恵やスキルも効果は本人のレベルに依存（いぞん）するらしく、強力な力を持つ者が行使すると大したことないスキルでも絶大な効果をはっきりするのだ。

『でもマスター。もう3日も根を詰めているんですよ?』

イブの心配そうな声がする。無理もない。僕はトーマスさんたちとのダンジョン探索のあとから、碌に睡眠をとっていないのだ。

　小瓶に向けて手をかざす。そして、大量の魔力を注ぎ込み始めた。

　そうすると液体は輝きを帯び、やがて黄色がかった透明な色に落ち着く。

「とりあえず今日の目標量を作ったら休むからさ」

　現在僕が作っているのはスタミナポーションだ。それもただのスタミナポーションではない。市場に出回ることのない高ランクの品だ。

　ポーションの作製方法自体はそれ程難しくはない。

　ポーション作製に適した水と各種材料を一緒に煮る。そして最後に1回分の液体を小瓶に移し、自身の魔力を注ぎ込む。

　そうすると材料によってライフポーションやスタミナポーション、マナポーションなどができ上がるのだ。

『本当ですかぁ？　先日みたいに祝福が【マジック200％アップ】だったからって延々と作ったら止めますよ』

「分かってるって」

　ポーションの回復量を決めるのは【錬金術】の恩恵やスキルの熟練度の他にもう1つ、注ぎ込む魔力の質がある。

　マジック200％ともなればかなりの回復量の底上げが見込めるので、その日は夢中になって作ってしまい、翌日魔力不足で倒れそうになった。

「それにもう水がないだろ？」

トーマスさんたちに同行して取ってきたランクＶのダンジョンの水も底を尽きかけている。

『相当な量があったのに使いすぎですよぉ』

あの日、僕は魔導具で水を回収する傍らで右手を水面に付けていた。

そして右手で触れているものを移動させるという方法でザ・ワールド内に貯水槽を作って水を移動させていたのだ。

熟練度を上げまくったので、今の僕の作るポーションはかなりの回復量になっているはず。

『それにしてもマスター。本気でアンジェリカさんのお母さんの病気を治すつもりなんですか？』

そう。僕が無理をしてでもこうしているのはアンジェリカの母親が病気に冒されているからだ。

あの日、目の前で倒れたエクレア王妃についてイブが教えてくれた。

『王妃は【ドライン病】に罹っている』と。

そうなると、時折みせるアンジェリカの物憂げな顔やアレス国王の心労の理由も想像がつく。

僕は【ドライン病】について調べると、それが発症したら助からない病であると知った。

唯一の延命方法はスタミナポーションを飲むこと。

ドライン病に罹っている人間は自力で体力を回復させることができないのだ。

最初のうちは症状が弱いので市販のスタミナポーションで回復することができる。

だが、徐々に病が進むと抜け落ちる体力が大きくなりスタミナポーションでの回復が追い付かなくなる。

「イブ。エクレア王妃の容態はあとどれぐらいもつ？」

僕は念のためにイブの見立てを再度確認する。

「今使ってるスタミナポーションもそこそこレベルが高いですが、エクレアさんの体力の消耗は段々と激しくなってますから。もって後数ヶ月というところではないでしょうか？」

つまり猶予はそれほどないということか。ここからは時間との勝負。僕は自分が作れる最高のスタミナポーションを提供することでエクレア王妃の時間制限を延ばすつもりだ。

『マスターが作ったスタミナポーションなら多少延びるかもしれませんが、結局治せなければ意味がないですよね』

「僕だってそこは調べたさ。だけど現状で病を治せるのは伝説に頼るしかないんだよな。それこそ【万能薬エリクシール】とか、伝承に伝わるような特効薬が必要なんだ」

物語というのは何も適当に作られたわけではない。エリクシールや物語で語られている一部のアイテムは実在している。そして実際にその効果で命を救われた例があったからこそ語り継がれているのだ。

『伝説っていうのは滅多に見つからないからこそ伝説なんですよね……』

確かにその通り。店先で売っているのなら僕だって購入するさ。

だけど、今求められているのはエクレア王妃の病気を治せるアイテムなのだ。

そういったアイテムは高ランクダンジョンの奥地だったり、秘境と呼ばれる場所にしかない。

そして、高ランクに挑める人間はそれほど多くなく、依頼を受けてもらうだけでも大変なのだ。

材料を集めようにも現時点ではエクレア王妃の体力がもたないのはあきらかだった。

「とにかくないものねだりをしても仕方ない。僕にできるのはスキル熟練度を上げてエクレア王妃が少しでも生き長らえられるようにすること……まてよ？」

『どうかしたのですかマスター？』

僕は先程のイブの言葉を思い出す。そして……。

「この方法に賭けてみるか」

そう言って施設をでて走り出した。

4

「アンジェリカ。少しいいかな？」

数日ぶりに会話を交わしたとはいえ懐かしい気がしました。

「エリク様。大丈夫ですわ」

エリク様は目に隈を作っているのでどうやら疲れているようです。

「随分とお疲れのようです。早く帰って休まれてはいかがですか？」

本当は今日こそお茶会に誘うつもりでした。エリク様がクラスメイトとの関係を断ってそろそろ数週間。これ以上、私もロベルトも皆の不満を抑えておくことができないからです。

周囲のクラスメイトも私たちの会話に耳を傾けております。

そんな中、エリク様はこれまで見たことのないような真剣な眼差し(まなざし)を私に向けています。

まるで告白でもするような……。

「実はアンジェリカにお願いがあるんだ」

一歩距離を詰めるとエリク様は言いました。

「君の両親に合わせてほしい」

その瞬間、周囲の気配が変わったのがわかります。

公衆の面前でのこの発言の大胆(だいたん)さが伝わったからです。

先程までとは違い、黄色い歓声が聞こえます。私はエリク様の突然のお願いに混乱すると……。

「わ、わかりました……」

頬を赤くするとそう答えるのでした。

*

「すいません、急なお願いをしてしまって」

週末。僕とアンジェリカは数週間前と同じように魔導車に揺(ゆ)られながら城へと入る。

「いえいえ、娘の命の恩人がきてくださるのですから、歓迎しますわ」

エクレア王妃が笑顔で応じてくれる。

「アンジェリカも用件がなければなかなか帰ってこないからな」

一方、アレス国王はどこか複雑そうな表情で僕を見ている。

「それで、エリク様。私たち3人に用事というのは何なのでしょうか？」

魔導車に乗った道中でもアンジェリカは僕が御両親に面会を希望した理由について聞いてきた。3人揃ったら説明すると言っておいたので早く知りたいのだろう。

服の裾を引っ張って見上げてくるアンジェリカ。何気ない仕草に僕はドキッとすると……。

「コホン。それでエリク君。大事な話とはなにかな？」

幾分(いくぶん)凄みが増したアレス国王と、楽しそうな笑顔を浮かべるエクレア王妃。

僕は表情を改め、深呼吸をすると言った。

「話と言うのはエクレア王妃の病気についてです」

その瞬間、3人の表情が強張(こわば)った。

「話したのか？」

その問いかけは僕へのものではない。2人の視線は隣のアンジェリカへと注がれている。

「い、いいえ……。話していませんわ」

アンジェリカは首を横に振ってそれを否定した。

「ならばどうして？」

知ることができたのか？　先程までとは違いアレス国王は警戒心を抱いたようだ。

「そのことについては打ち明けることができません」

まさか「僕の恩恵がしゃべるんですけど、やたらと知識が豊富で教えてくれたんですよ」などと言うわけにもいかないからだ。

「まあよい、貴族の間でも噂が流れているぐらいだ。情報網を持っているのなら知っていても不思議ではない。確かに妻はドライン病に冒されている」

イブが言っていた通りの病気に僕は頷いて見せる。

「ドライン病とは体内の魔力に乱れが生じ、衰弱していき最後には死に至る」

僕が調べた病状を言うとエクレア王妃は俯き、アレス国王は歯ぎしりをする。僕は現状の確認を続ける。

「そして、現時点では特効薬が存在しておらず、【万能薬エリクシール】など一部の伝説級のアイテムで治療できる可能性がある」

そこまで話すと……。

――パンッ――

頬に痛みを感じた。そして胸倉を掴まれると……。

「エリク様見損ないましたっ！」

「アンジェリカ？」

突然アンジェリカが非難をしてきた。

「どうしてお母様の前でそのようなことをおっしゃるのですか」

目に大粒の涙を溜めて悲しそうに叫ぶ。あっけにとらわれていた僕だったが、彼女が怒った理由に気付く。そして……。

「必要なことだからだ」

一歩も引くつもりはなく至近距離で言い返した。

「治療もままならず、苦しんでいる私たちに絶望を突き付けることができですか?」

これまで親しみに似た顔を見せてくれていたのが嘘のようだ。今の彼女は無遠慮に家庭の事情に踏み込んだ僕を憎悪(ぞうお)している。

僕は彼女の手を外すとハンカチを取り出し握らせる。そして……。

「娘が手をあげたことは謝ろう。だが、俺とて同じ気持ちだ」

そう言って睨みつけてくるアレス国王。

「あの、エリクさん。夫と娘が申しわけありません。ですが今日は帰っていただけませんか?」

場の雰囲気を読み取ったエクレア王妃がそう提案をしてきた。

「今日僕がここにきた理由をまだお伝えしていませんでしたね」

僕はそんなエクレア王妃の気遣いを無視すると用件を言った。

「僕はエクレア王妃の病気を治しにきました」

「「「えっ?」」」

3人の声が重なった。

「病気を……治す？」

　3人の瞳に揺らぎが生じる。

「本気でおっしゃっているのですか？」

　先程までの怒りが半減して今度は戸惑いが感情を支配している。僕は懐から小瓶を取り出してテーブルへと置く。

「これはなんだ？」

　アレス国王の問いに、僕は今置いた小瓶の中身を説明する。

「とある高名な錬金術士が作ったスタミナポーションです」

「それで？」

　一転して冷めた目で僕を見るアレス国王。

「これをエクレア王妃に飲ませてください」

　僕は淡々と要求を告げるのだが……。

「生憎だが、俺も妻も国家錬金術士が作った最高品質のスタミナポーションを使っている。そのポーションは飲むまでもない」

「どういうことですか？」

　僕が聞き返すとアンジェリカが口を挟んできた。

「この手のポーションは効果が高いものが優先されるのです。エリク様が用意したポーションがたとえ国家錬金術士と同等の品質だとしても現在、お母様が飲んでいる物と差がありません。そうなれば病気の進行を止めることはできません」

説明しながらも失望の色を濃くする。

「エリクさん、あなたのお気持ちは嬉しいのですが、これまでも様々な錬金術士がスタミナポーションを作ってきました。ですが、私の病を改善できる程のポーションは作れなかったのですよ」

僕の無知を諭すかのようにエクレア王妃は穏やかに話しかけてきた。

「アンジェリカの言うとおり。この国で最高の錬金術士と同等のポーションならば確かに飲む必要はありません。そんなものを飲んでもエクレア王妃の病は治らないのですから」

「で、でしたら……」

何かを言い募ろうとするアンジェリカを僕は片手で制すると。

「ですがそれを承知で言います。騙されたと思って飲んでみていただけませんか？」

僕の態度にエクレア王妃とアンジェリカは顔を合わせる。僕のわがままに困惑しているのだろう。

「そこまで言って効果がなければどうするつもりだ？　仮にも王を前にして冗談では済まぬのだぞ？」

アレス国王が威圧してくる。非公式の場とはいえ王族に対する不敬がすぎたのだろう。娘の友人ということで我慢してくれていたのだろうが、限界を超えたのだ。

だが、そんなことぐらいで僕は止まるわけにはいかない。

僕は胸に手を当てるとこういった。

「もし僕が持ってきたスタミナポーションが効果を発揮しなければ、どのような罰でも受けます」

僕が誓うことでこの人たちが少しでも話を聞いてくれるのなら構わない。

強い意志をもってアレス国王を見ると……。

「……撤回はきかぬ」

眉を寄せると苦々しく吐きだした。


「そこまで言うのなら試してやる」

「飲んでいただけるのではないのですか？」

アレス国王はそういうと僕が作ったスタミナポーションを持って立ち上がった。

「すまないが王族が口にするものはこの魔導具を通す決まりなのでな」

そういってとある魔導具にスタミナポーションをセットした。

それは、以前錬金術の店でもみたアイテムを鑑定する魔導具だ。

鑑定することで効果説明から効力までを数値化して見ることができる。

毒物が混入していた場合、当然そこに説明が加わるので王族が口にする物は事前に鑑定がなされるのだろう。

「気にしていませんよ」

僕の気軽な様子を一瞥するとアレス国王は話を続ける。

「ちなみに、現在妻が飲んでいる最高のスタミナポーションは回復値が１１８４と出ている。一般的な錬金術士が作るスタミナポーションの平均値は300。なので約４倍の効果を発揮しているのだ」

流石は王族御用達のポーション。通常ではありえない回復値だ。僕が持ってきたポーションを無用と思うのは当然だろう。

「もし君が持ってきたポーションの数値がこれを下回るようなら……」

「下回るようなら？」

ちらりと振り返ると宣告した。

「王族を侮辱したのだ当然死罪だ」

「なっ、お父様それは……」

アンジェリカが僕を庇いに出てくる。現在母親を苦しめている僕が憎くて仕方ないはずなのに。

「アンジェリカよ下がれ。エリクよ。今ならまだ許してやる。ここで開始のボタンを押して結果が出たなら俺も前言を撤回できぬ」

王族が一度口にした言葉は撤回できない。ころころと言葉を変えるようでは誰も信頼しないし、相手に隙を見せることになるからだ。

「エリクさん。もう十分です。あなたの気持ちはわかりましたから」

エクレア王妃も僕の肩に触れ心配してくれている。

3人から感じる気遣いに僕はこんな時だというのに笑みを浮かべると……。

「鑑定をお願いします」

アレス国王に返事をした。

鑑定の魔導具を動かすこと数分。結果を待つ僕よりもなお青ざめているアンジェリカが肩をビクリと震わせると鑑定終了の音が鳴り響いた。

アレス国王は早速鑑定結果を確認すると……。

「……確かに毒物は入っていない。ただのスタミナポーションのようだな」

若干表情が和らぐ。僕の押しの強さに毒入りを若干疑っていたのかもしれない。

「お、お父様それで回復値はどうなのですか？」

アンジェリカが焦りを浮かべると必死な様子でアレス国王に質問した。

「おっと、そうだったな……肝心の回復値だが……………………」

「どうしたのです。あなた？」

数値を見るなり固まってしまったアレス国王を不審に思ったのか、エクレア王妃も魔導具へと近づいていく。

「嘘……」

ぽつりと漏れるその言葉。現時点ではアンジェリカにはどちらの意味にもとれてしまう。

「わ、わたくしにも確認をさせてください」

いつまでも結果を口にしない2人にしびれを切らせたアンジェリカは2人の間から顔を覗かせると鑑定結果を口にした。

「か、回復値9999!!!」

3人はテーブルの上に置かれたスタミナポーションを凝視している。

冷や汗を浮かべて目の前のこれをどう扱ってよいのか思案しているようだ。

「飲まないのですか？」

結果がでたお蔭で先程までと違い睨まれていないのだが、一向に手を付ける気配がない。

「いや、しかし……故障というのは考えられん。そうなると本当に？」

「良かった……。本当に良かった……。絶対にエリク様が死刑になるとばかり……」

「こんなことが本当にあり得るのかしら？　もしかして夢？　私はとうとう意識を取り戻すことなく逝ってしまうの？」

それどころか現実逃避をしているようだ。

『またマスターが非常識なものを作ったからですよ。信頼を得るだけならここまでしなくても良かったじゃないですか』

（うるさいな。僕だってまさかここまで成長すると思ってなかったさ）

アカデミーにも鑑定の魔導具はある。何日か前に鑑定した時はここまで回復値は高くなかったのだ。万全を期すためにスキル熟練度を上げ過ぎた結果がこれだ。

「そ、それじゃあエクレア。飲んでみろ」

やがてアレス国王が落ち着きを取り戻したのかポーションをエクレア王妃に渡す。

「…………いただきます」

その場の全員が見守る中、王妃はスタミナポーションを口に含む。そして……。

「ど、どうなのだ？」

アレス国王は喉を鳴らすと王妃に調子を確認する。王妃の頬を涙が伝う。

「身体が生まれ変わったみたいに軽いです！」

王妃はスッキリした顔で目元の涙をぬぐうと言った。

「そ、そんな……お母様。もう大丈夫なのですか？」

アンジェリカは声を震わせるとエクレア王妃に近づく。そしてその胸に飛び込むと声をあげて泣き始めた。

「ごめんなさいねアン、アレス。2人にも心配をかけました」

アンジェリカの頭を撫でながらエクレア王妃は優しい瞳を娘に向ける。

「何をそのようなことを……」

アレス国王も声を震わせると2人に寄り添う。

「一番辛かったのはお母様ではないですか」

家族3人が抱き合って涙を浮かべているのを見ると僕までつられそうになる。

僕はこみあげてきそうなものを押し留めると3人から視線を外した。

やがて3人のすすり泣く音がなくなる。それまでの間じっと壁を見ていた僕に背後からアレス国王が話しかけてきた。

「エリク君。素晴らしいポーションだったよ」

心労の1つが取り除かれたのかアレス国王は嬉しそうに笑っていた。

「本当に。これまでのポーションとは完全に別物でした。飲んだその場から身体中が活力で溢れるような……まるで生き返るような体験でした」

エクレア王妃も元気になったのか、今までの弱々しさを感じさせないような穏やかな笑みを浮かべた。

「うっうっ……エリク様に感謝してもしきれませんわ」

泣きながら感謝の言葉を口にするアンジェリカ。

ようやく落ち着いてきたようだ。僕は3人に告げなければならないことがあった。

「皆さんに話しておかなければならないことが2つあります」

そう言うと指を2本立てる。

「1つはスタミナポーションのおかげで回復はしていますが、それは一時的なものです。病気が治っているわけではありませんので、このままでは定期的にポーションを摂取(せっしゅ)しなければならないこと」

「そ、そうなのか……?」

僕の言葉に表情を歪(ゆが)ませるアレス国王。どうやら自身の疲労がよみがえったらしく辛そうな顔をしている。

「まあ、これを飲んで落ち着いてください」

今度は効果を疑っていないのか、僕が握らせたスタミナポーションを口に含むアレス国王。

「確かに素晴らしい効果だ。仕事の疲れが吹き飛ぶ。流石は高名な錬金術士のポーションだ。エリク君、申しわけないがこれを作った錬金術士を紹介してくれないだろうか？」

スッキリしたところで自分がすべきことを見据えたのか僕に頭を下げた。

普通、一国の王ともなれば簡単に頭を下げることなど許されない。だが、アレス国王は自身のプライドよりも家族が大事なのだ。

やはりこの人物なら間違いない。僕は話の続きをする。

「もう1つの話がまだでしたね」

ここにきて緊張をする。先程まではエクレア王妃の病を治して見せるという目的があったから何でもできたが、自分の秘密を打ち明けるのが不安なのだ。

だが、僕は勇気を奮わせて言う。

「先程『高名な錬金術士が作った』と言いましたがあれは嘘です」

「なん……だ……と……？」

「申しわけありません、そうでも言わないと話すら聞いてもらえないと思ったので」

実際、スタミナポーションを鑑定するまでにも色々あった。正直に話をしていたらこの光景は存在していなかっただろう。

「で、ではあのポーションを作ったのは？」

そう問いかけるエクレア王妃。僕は覚悟を決めると3人に告げた。

「あのポーションは僕が作ったものです」

「恩恵を受けて間もない君があのポーションを作っただと？」

アレス国王の言葉に僕は頷いて見せた。

「信じるか信じないかは自由ですが、1つだけ約束してください」

「なんだ？」

「僕の秘密はこの場の人間だけに留めておいてほしいのです」

目の前にいるのは良識に溢れ、家族愛を持った好ましい人間だと思う。

だが、そういった人間だからこそ釘(くぎ)を刺(さ)しておく必要があるのだ。

「それは勿論構わない。妻の命の恩人に対して不義理な真似をするものか」

「ええ、王族として、受けた恩に報(むく)いなければなりませんもの」

アレス国王もエクレア王妃も約束してくれた。

「わ、私だってエリク様を裏切ったりはしませんわ」

「アンジェリカが裏切るなんて思ってないよ」

必死な様子のアンジェリカに僕は笑いかけるのだが……。

「その、申しわけありません。頬、痛かったですわよね？」

顔を俯(うつむ)かせて近寄ると、アンジェリカは上目遣いに僕を見つめてきた。そして白く細い指で僕の頬を撫でる。先程、力強く叩いたとは思えないほどやさしい手付きだ。

「一時の感情で暴力を振るうなんていけないことです。エリク様に嫌(きら)われてしまっても仕方ありません」

不安そうに僕を見つめるアンジェリカに僕は言った。

「逆だよ。叩かれたことで僕はアンジェリカが優しい女の子なんだと思ったからね」

「ふぇっ⁉」

アンジェリカの顔が赤くなりおろおろと視線を動かし始める。

「あの状況で怒るのは家族が大事だからだよ。アレス国王もエクレア王妃もアンジェリカもお互いを大事に思っている。それが良くわかったから」

以前、ダンジョンに取り残された僕を助けようと父マリク、レックス、ミランダが探索者ギルドに怒っていた。

大事な者のために怒ってくれる。当人からするとこんなに嬉しいことはないのだ。

「でも、私がエリク様を傷つけた罪は消えませんよ？」

そう言ったアンジェリカに。

「僕が許す。世界中の誰があの時のアンジェリカを責めたとしても、当事者の僕が許すよ。なぜならアンジェリカは愛する人のために怒れる心の優しい女の子なんだから」

そう言って微笑むと。

「ううぅ……そんな言い方ずるいですわ」

次の瞬間、何故かアンジェリカは顔を真っ赤にした。

「まあまあ……エリクさん。そういうことでしたの？」

なぜか「あらあら」と言ってエクレア王妃が近寄ってきて肩を叩く。

「どういうことでしょう。王妃様？」

「んもうっ！　水臭いわ。エクレアとお呼びなさいな」

体力が回復したおかげか妙な勢いがある。僕はやや困った様子でアレス国王に助けを求めるのだが……。

「こ、これほど立派な若者ならばアンジェリカを嫁にやっても良いかもしれぬ……」

「お、王様？」

何やら小声でぶつぶつ呟いているが、よく聞き取れない。

やがて正気を取り戻したのか僕の肩に両手を置くと。

「俺のこともアレスで良い」

「いやいやいや、流石にまずいです。王族を相手に呼び捨てとか」

何がどうなったのかわからないが、僕は焦りつつ否定をするのだが……。

「これは国王命令だ！」

「王妃命令です！」

まさかそんな命令をしてくるとは思わなかった。良識ある大人だというのは僕の勘違いだったようだ。

「ではアレスさんとエクレアさんでどうです？」

「うむ。今はそれでよい」

「ええ。今はそれで我慢します」

何とか妥協をしてもらえたことで安心した僕は胸をなでおろした。今は……？

「それで、エクレアさんの病気についてですが、残念ながら僕のポーションでは病気までは治せないんです」

話を戻すことにした。僕は現状についての認識を共有しようとアレスさんとエクレアさんを見た。

本当ならこれで完治させられれば良かったのだが、スタミナポーションはあくまで体力を回復させる効果しかない。完治させるには別なものが必要になる。

「いや、本来なら先が見えていた妻の容態がもちなおしたのだ。エリク君には感謝しかない」

アレスさんが感謝を述べると。

「そうなるとやはりエリクシールを作るしかありませんわ」

アンジェリカがぽつりとつぶやいた。

「アンジェリカ？」

僕がどういうことか聞こうとすると。

「エリク様には話していませんでしたが、元々私がアカデミーを受験したのはお母様の病気を治すためだったのです。探索者となり高ランクダンジョンを巡り材料を集める。そして【万能薬エリクシール】を完成させるつもりです」

確かに、エクレアさんの病に確実な効果が見込めるのはエリクシールだろう。

「よくぞ言った我が娘よ。エリクのポーションのおかげでエクレアの命は長らえたのだ。こうなれば俺も手間は惜しまぬ。エリクシール。その材料収集は任せておけ」

エクレアさんに残された時間が少なかったことで断念していたアレス国王も、希望を見出したのか活力をみなぎらせて宣言した。

僕はそんな2人の間に入っていく。

「あの……発言宜しいでしょうか？」

「なにかなエリク！　なんでも言いたまえ！」

「なんでしょうエリク様！」

明るい未来のために苦労を厭(いと)わない。そんなテンションの2人に僕は気圧(けお)される。

だが、この手の話はあとにすると面倒だ。僕はコホンと咳(せき)ばらいをすると気まずい思いをしながらそれを口にした。

「もう1つ話しておかなければならないことなんですが、それはエクレアさんの病気の治療手段があるということについてです」

「「んなっ⁉」」

高いテンションのままに2人は言葉を失うのだった。

「ほ、ほほほ、本当に治療できるのですかっ！」

「一体どうやってっ！　まさかエリクシールすら作れるというのか？」

アンジェリカとアレスさんが詰め寄ってくる。

「ま、まぁまぁ。少し落ち着いてください」

「これが落ち着ていられるかっ！」

「どうなのですかエリク様っ！」

2人を落ち着かせたいのだがどうやら無理なようだ。僕は左右から揺らされるのだが……。

「2人とも、エリクが困っているじゃないの」

エクレアさんが2人から僕を奪い取り抱き着いてくる。その距離感はまるで自分の子供に接するかのように近かった。

「あっ、お母様ばかりずるいですわ」

何がずるいのかわからないがとりあえず話を聞いてほしい。

「それで、本当に治療方法があるの？」

当事者が一番冷静なようでエクレアさんが肩越しに聞いてくる。ぼくはその問いに首を縦に振ると。

「別にエクレアさんの病を治すのに必要なのはエリクシールに限らないんですよ」

「どういうことかね？」

アレスさんが首を傾げた。

「エリクシールもそうですが、僕らはその存在をどうして知っているのかわかりますか？」

「それは……物語で語り継がれているからですわ」

そう。神がかった効果を持つアイテムはよく物語となることが多い。伝説の万能薬然り、伝説の剣然り。

「だったらさ、ドライン病を治療する物語があってもおかしくないと思ったんだ」

僕はアカデミーにある図書室の本を片っ端(かたぱし)から読んだ。

解らない部分があれば調べたし、時にはイブに質問をしたりしてようやく答えを見つけたのだ。

「なるほど。ドライン病を治した物語の話か。それで見つかったのかね?」

僕は頷いて見せた。

「そ、それで。ドライン病を治せる治療薬というのは……?」

僕は一冊の童話を差し出すと言った。

「『幸運の青い鳥』この本は病気の母の病を治すために2人の子供が冒険にでて病を治せるという卵を手に入れるもの。そしてその卵を食べたことで母親は病気が治った」

「お母様に読んでもらったことがあります。と言うことはクリスタルバードの卵。それこそがドライン病の治療方法!」

「そう言えば昔読んだ記憶がありましたね」

「よし。こうなったら総力を挙げてクリスタルバードの卵を探すのだ。見つけたものには莫大な賞金を支払うと約束しよう」

アレスさんたちも光明が見えたとばかりに動き出そうとする。

「あー、話は本当に最後まで聞いてくださいね」

僕は苦笑(にがわら)いを浮かべると3人を止める。

「なんですか？　まだなにかあると？」

クリスタルバードは世界中で目撃証言がある鳥だ。治すための方法が一気に現実味を帯びたので早く行動したくてたまらないらしい。僕はそんな気持ちを知りつつも少し悪戯気味に言った。

「そのドライン病に効果があるクリスタルバードのゆでたまごがこれなんですけどね」

「「「えぇぇぇぇぇぇぇっ!!!」」」

本日何度目になるかわからない王族3人の絶叫が響き渡った。

エピローグ

「ふぅ……ようやく落ち着いた」

僕（ぼく）はザ・ワールド内のベッドに身体（からだ）を投げ出すとシーツの匂（にお）いを嗅（か）いだ。

イブが毎日日干ししてくれているので良い匂いがする。

『ふふふ、お疲れ様ですマスター』

イブがねぎらいをしてくれる。

「クエェェー」

「カイザーもありがとうな」

いつの間にかベッドに現れたカイザーを僕は撫（な）でまわした。カイザーの卵がなければエクレアさんを完全に救うことができなかったのだ。

『そもそも何故（なぜ）あそこまでしてあげたんですか？』

イブが疑問を浮かべてきた。

『もしかしてアンジェリカさんのことが好きだからあそこまでしたんでしょうかね？』

「確かに可愛（かわい）い子だけどさ」

そのようなつもりで僕はエクレアさんを助けたわけじゃない。

『限界まで身体を酷使して、命まで賭けて。何がマスターにそうまでさせたのですか？』

イブはどうしても気になるようで再度僕に問いかけてきた。

「前にも言っただろ？　『他人を助けるのに理由なんて必要ない。ただ助けたいから助けるんだ』って」

恐らく僕はこの世界の人間基準で甘いのだろう。前世の最後でも、車から大学生たちを庇って死んだ。

「イブ。僕はこの世界が好きなんだ」

『なんですか？　唐突に？』

「僕を大事に思ってくれている父に幼馴染みのミランダとレックス。銀の盾の人たち。ロベルトやアンジェリカ。この世界に生まれて幸せと断言できるぐらい僕に優しくしてくれた」

それは前世で願っても叶わなかったことだ。

「誰かに優しくしてもらいたければ自分も優しくなければならない。僕はこの世界でそれを学んだんだよ」

『だからマスターはエクレアさんを救ってみせたんですか？』

優しさは広がって行く。他人に優しくすることで優しくされた人間もまた他の人間に優しくなれる。

僕はそんな理想をこの世界で叶えたいのだ。その思いをイブに伝えると……。

『まあ、イブにとってはマスターの安穏さえ守れればそれでいいんですけどね』
完全に理解できないようで困惑される。
僕はそれも仕方ないかと思いながら眠気を覚える。
「僕は……イブも大切に思っているから……」
まどろみが深くなり、混濁した意識の中で本心を口にする。
『………』
急に温かさとともに何かに包まれたような気がした。
僕はその何かに身を委ねると、安眠へと落ちていく。その際に……。
『おやすみなさいマスター。良い夢を……』
僕の頰を何かが撫でるのを感じた。

あとがき

本書を手に取っていただきありがとうございます。著者のまるせいです。

この作品はＷｅｂ小説投稿サイト「カクヨム」に投稿している『ダンジョンだらけの異世界に転生したけど僕の恩恵が最難関ダンジョンだった件』を加筆・改稿したものです。

この作品がこうして無事に書籍化されたのはＷｅｂ投稿時に応援してくださった読者の皆様のお蔭です。この場をお借りしてお礼申し上げます。

今回の書籍化作業を担当し、途中で退職されてしまったW編集者様。途中から引き継ぎ担当をしてくださったK編集者様。お2人のお力添えのお蔭でこうして出版できました。ここで改めてお礼を申し上げます。

今回イラストを担当してくださったのはぷきゅのすけ様です。

名前を伺ってどのような絵を描かれるのか気になって調べてみたところ、凄く私好みの絵でした。

それから刊行作業に入り原稿を書いていたのですが、その間考えていたのは「どの場面を描いて貰おうか？」でした。

せっかく自分の作品のキャラクターを描いてもらえるのなら自分が好きなシーンが良い。そう考えながらする改稿作業は楽しかったです。

実際に編集様からカバーイラストやキャラクターデザインが上がってくると、テンションが否応なしに上がってしまいました。

　刊行作業が最後まで高いモチベーションでできたのは、ぷきゅのすけ様の素晴(すば)らしいイラストに助けられたからだと思います。

　そのお蔭もあってか、本書はＷｅｂ投稿時よりも完成度が高く満足していただける１冊に仕上がっていると思います。必ずや読者の皆様にご満足いただけることでしょう。

　最後に、本作品に携(たずさ)わってくださったすべての関係者の方々に感謝を申し上げたいと思います。

　願わくば、またお会いすることができると信じて、一旦(いったん)筆を置かせていただきます。

まるせい

本書は、ＷＥＢ小説サイト「カクヨム」に掲載された「ダンジョンだらけの異世界に転生したけど僕の恩恵が最難関ダンジョンだった件」を大幅に改稿し、書籍化したものです。

DRAGON NOVELS
ドラゴンノベルス

ダンジョンだらけの異世界に転生したけど
僕の恩恵が最難関ダンジョンだった件

2020年11月5日　初版発行

著　　者　まるせい

発 行 者　青柳昌行

発　　行　株式会社 KADOKAWA
〒102-8177　東京都千代田区富士見 2-13-3
電話 0570-002-301（ナビダイヤル）

編　　集　ゲーム・企画書籍編集部

装　　丁　Coil

D　T　P　株式会社スタジオ２０５

印 刷 所　大日本印刷株式会社

製 本 所　大日本印刷株式会社

DRAGON NOVELS ロゴデザイン　久留一郎デザイン室＋YAZIRI

●お問い合わせ
https://www.kadokawa.co.jp/（「お問い合わせ」へお進みください）
※内容によっては、お答えできない場合があります。
※サポートは日本国内のみとさせていただきます。
※ Japanese text only

定価（または価格）はカバーに表示してあります。

ISBN978-4-04-073881-9　C0093

無能とレッテルを貼られ
追放された少年が、
創造スキルで一発逆転！

クラスごと異世界に転移し、
追い出されてしまった隆也に宿った超絶スキル。
そのときから、かわいい女の子と世界が隆也を求め始めた！

うちの娘は少しおかしい

My daughter is a little strange

著：第616特別情報大隊
イラスト：水あさと

父は有力マフィア、
母は伝説の魔女——
天然娘クラリッサが、
学園も王子も完全掌握！

水あさと
巻頭口絵
マンガ収録！

とんでもない新入生がやってきた！